KB109439

To. _____

당신을 도운 여자는 누구인가요?

지은이 이혜미

1989년 부산에서 태어났다. 연세대학교에서 중어중문학과 정치외교학을 전공했다. 현재 한국일보에서 여성·젠더·페미니즘을 다루는 뉴스레터 '허스펙티브'를 보내고 있다.

쓰는 것이 항상 겁나고, 내가 쓴 글이 늘 부끄러운 기자. 그럼에도 세상에 선택받지 못한 많은 말들을 길어 내기 위해 꾸준히 쓰고 있다. 국내 여성 기자에게 수여되는 상 중 최고의 영예로 꼽히는 '올해의 여기자상'과 '최은희여기자상'을 2020년 동시 수상했다. 이후 더 많은 여성이 활약하는 평등한 세상을 만들기 위해 지치지 않고 쓰겠다는 마음을 품었다. 궁극적으로는 다른 여성들과 따뜻하게 연결되고 싶다는 마음으로 뉴스레터를 만들고 이 책의 인터뷰를 기획했다. '나'가 아닌 '우리'를 말하는 용기 있고 멋진 여성들이 내어 준 이야기로, 쓰는 이와 읽는 이 모두 단단하게 연결될 수 있기를 바란다.

또 다른 저서로 《착취도시 서울》과 《자본주의 키즈의 반자본주의적 분투기》, 공저로 《덜미, 완전범죄는 없다 2》가 있다.

여자를 돕는 여자들

2022년 12월 13일 초판 1쇄 발행

지은이 이혜미 | **사진 촬영** 한지은 | **사진 제공** 한국일보, 한승희(229, 231쪽) | **발행인** 박윤우 | **편집** 김동준, 김송은, 김유진, 성한경, 장미숙 | **마케팅** 박서연, 이건희, 이영섭 | **디자인** 서혜진, 이세연 | **저작권** 백은영, 유은지 | **경영지원** 이지영, 주진호 | **발행처** 부키(주) | **출판신고** 2012년 9월 27일 | **주소** 서울 서대문구 신촌로3길 15 산성빌딩 5-6층 | **전화** 02-325-0846 | **팩스** 02-3141-4066 | **이메일** webmaster@bookie.co.kr | **ISBN** 978-89-6051-958-9 03810

만든 사람들
편집 김유진 | 디자인 서혜진

여자를 돕는 여자들

핫펠트
김소연
하미나
임소연
김은희
서한나
류호정
전수연
나임윤경
한승희

이황희 인터뷰집

치열하게
싸우고
◆
다정하게
빛나는

부·키

추천의 말

'여적여(여자의 적은 여자)'라는 밈을 오랫동안 들으면서 컸다. 여자끼리 경쟁을 하면 기싸움, 캣파이트로 요약되었고, 여자끼리 서로의 상황을 공감해 주면 감정적인 집단 취급을 받았다. 그것이 여성 간의 연대를 적극적으로 해체해서 수많은 여성을 고립시키고, 여성이 경쟁할 판을 여성끼리로 축소하고, 또 수많은 여성을 싸움 붙이는 데 얼마나 기여했는지를 알게 되기까지 너무 오랜 시간이 걸렸다. 여적여의 실체는 '여자의 적은 여자인 것으로 만들자'였으며, 그것이 여자를 무력하게 만들려는 프레임에서 비롯된 것이었음을 알려 준 것 역시, 내 삶을 도와 온 여자들이었다.

이 책에서는 직업도, 외모도, 관점도 다른 여성들이 그만큼이나 다양한 자신의 삶과 여성 조력자들에 대해 이야기한다. 각자 다른 이야기를 하고 있지만, 결국 '여적여' 같은 메시지를 꾸준히 전하는 세상에서 속지 않고 살아남아 마침내 스스로를 믿기로 결정한 여성들의 덤덤한 자기소개다.

여자끼리 싸움 붙이려는 시도에 진절머리가 난 당신에게 이 책에 탑승할 것을 권한다. 다양한 스펙트럼의 여자 이야기를 눈으로 훑는 동안, 행간에서 당신의 여자들이 창밖 풍경처럼 차례차례 등장할 것이다. 나도 모르는 사이 내 인생에 들어와 격려로, 연대로, 존재로, 생존으로 위기마다 나를 건져 올렸던 그들이 말이다. 우리에게 필요한 것은 나를 도울 한 명의 여성 롤모델이 아니라 그동안 서로를 도와 왔던 우리의 공을 직시하는 일뿐이라고, 아카이빙을 통해 저자는 말하고 있다. 《여자들 돕는 여자들》을 돕는 글을 쓰게 되어 영광이다.

● **곽민지** 〈비혼세〉 팟캐스터, 《아니 요즘 세상에 누가》 저자

여자인 우리는 이미 여러 번 죽었다. 강남역 살인 사건을 보며, 구조적 성차별은 없다는 말을 들으며, "네가 뭔데?"라는 말과 "꼭 네가 해야 해?"라는 말 사이에서 조금씩 죽었다. 그런 우리를 다시 살리는 건 《여자들 돕는 여자들》이다. 남이 하는 헛소리에는 신경 쓰지 말자는(핫펠트), 무조건 잘할 수 있을 거라는(김소연), 뒤따르는 이를 위해 먼저 길을 만들겠다는(김은희) 이들의 말이 모여 여자들에게 숨을 불어넣는다. 성차별은 없었냐는 질문이 오히려 이들을 특정 역할 안에 가두는 것이 아닌지 고민했다는 작가의 말은, 그 응원의 숨결이 얼마나 섬세했는지 짐작하게 한다.

작가는 "소년이여, 야망을 가져라"라는 말은 많이 들었어도, 똑같은 말을 어린 여자들에게 가르치는 것은 보지 못했다고 말한다. 하지만 이 책을 덮을 때쯤엔 스스로에게, 그리고 곁에 있는 여자들에게 말해 주고 싶을 것 같다. 큰일은 여자가 하자고.

● **박초롱 × 이다혜** 〈큰일은 여자가 해야지〉 팟캐스터

글을 읽어 내려가는 내내 그들이 평생토록 지으며 살아왔을 표정을 떠올렸다. 방긋방긋 웃기만을 바라는 세상에서 그러지 않아도 괜찮다는 말을 전하기 위해, 내가 '꽃'이 아니라 빛나는 네 눈동자만이 '경계에서 피운 꽃'이라는 사실을 전하기 위해, 때로는 미간

에 잔뜩 주름 지었을 순간을, 크게 소리치려 입 벌리던 순간을, 잘못됨 앞에서 의식적으로 멈췄을 볼의 근육을 떠올렸다. 모든 일이 어쩔 수 없게 느껴지는 날에는 이 책을 또다시 집어 들고 싶다. '분노가 나를 해치게 두지 않는 법은 연대하는 일'이라는 나임윤경 교수님의 말처럼, 그들이 살아가며 던져 주는 말을 계속 듣고 싶다. 서로를 돕는 방법이 끊임없이 말을 걸어 주는 일이라면, 나는 책 속의 여자들에게 또 한번 빚을 졌다. 남은 건 갚아 나가는 일뿐이다.

● **손수현** 배우, 《쓸데없는 짓이 어디 있나요》 저자

이혜미 기자의 인터뷰를 읽으면서 감탄하는 순간이 있다. 원고를 다듬는 과정에서 자신의 목소리를 가능한 적게 노출하고, 인터뷰이의 말이 온전히 전달되도록 세심하게 신경 썼구나 싶을 때다. 그 덕에, 인터뷰이를 알지 못하고 글을 읽어도 그의 삶에서 가장 치열한 한 순간이 고스란히 전달된다. '우리'를 상상하고 기획하고 가시화하는 《여자들 돕는 여자들》이 건네는 응원은 구체적이고 실용적이다. 다른 여성의 삶과 말이 나를 돕는다. 한번 더 버티고, 다시 한번 일어선다. 미래는 우리 앞에 있다.

● **이다혜** 《씨네21》 기자, 《퇴근길의 마음》 저자

책에 담긴 여성들은 맑게 빛난다. 능력과 업적 때문이 아니다. 각 분야에서 활동하는 그들은 결코 트로피를 전시하지 않는다. 능력주의를 경계하며 어떻게 공존할지 고민한다. 단순한 겸손이 아닌, 날카로운 사유에서 빚은 통찰이다. '여자'라는 수식어에 갇혀 차별받은 감각으로 다른 위계를 경계하는 태도가 그들에게는 있다.

지면에는 떨림을 담을 수 없다. 구체적인 차별의 순간이나 악의적인 반응 앞에서 느꼈을 두려움도 모두 담을 수 없다. 망설이던 시간과 버티려고 주먹을 쥐었던 순간의 공기를 독자는 얼핏 가늠할

수밖에 없다. 그래서일까. 담담하고 당당해 보이는 말들 속에 숨은 그림자가 나에게는 가장 빛나게 읽혔다.

망설이던 마음, 누군가의 도움을 기억하는 마음, 나와 연결된 존재를 떠올리며 계속 꿈꾸는 마음. 알 것 같은 마음들이 담긴 말들이 은은하게 빛난다. 빛나는 그림자를 따라 책을 읽고 나니 어느새 내 안의 두려움이 옅어졌다. 각자 위치는 다르지만 여러 모양의 그림자를 공유하기에 우리는 서로를 알아볼 수 있다. 책을 읽으며, 오래전부터 이어진 돌봄의 릴레이에 어느새 나도 동참하고 있었다는 사실을 알아차렸다. 분명 당신도 그럴 거라고 믿는다.

● 홍승은 작가, 《당신이 글을 쓰면 좋겠습니다》 저자

용기도 의욕도 문득 사라지는 날들이 있다. 어떤 날에는 여성으로서 목소리를 내는 것이 세상에 아무런 변화도 불러일으키지 못한다는 생각이 든다. 또 어떤 날에는 '언제까지 이렇게 고군분투하며 살아가야 하는 걸까?'라는 막막함이 밀려온다. 마음은 급한데 세상은 너무 천천히 변하는 것 같고, 더 많은 여성 동료들은 보이지 않는 것 같을 때, 이 책에 담긴 이야기들이 필요하다.

이혜미 기자가 만난 여성들은 다른 누군가의 행동을 기다리지 않고, 누가 그 일을 해야 하는지 묻지 않은 채 여성이라서, 자기 자신이라서 할 수 있는 일들을 한다. 거기에는 내 행동이 다른 여성들에게 어떤 식으로든 영향을 미치리란 걸 헤아리는 마음이 있다. 이 사람들과 만나본 적 없다 해도 이들의 존재를 확인하는 것만으로도 번쩍 힘이 난다. 누군가 내게 "당신을 도운 여자는 누구인가요?"라고 물어 온다면, 이 책을 쓴 이혜미 기자와 이야기를 들려준 인터뷰이 열 명의 이름을 부르게 될 것 같다.

● 황효진 〈시스터후드〉 팟캐스터, 《나만의 콘텐츠 만드는 법》 저자

프롤로그

대학을 졸업할 때까지 한번도 여성학 강의를 들은 적이 없었
다. 2000년대 후반 캠퍼스의 분위기와 개인 성향, 두 가지가
맞물린 결과가 아닐까 생각한다. '세상을 바꾸는 지성' 같은
대학생의 자의식이 일찌감치 사라진 캠퍼스의 빈 공간을 '스
펙 쌓기' 같은 자기 계발 분위기가 메우기 시작했다. 가방에
영어 시험 문제집이며 시사 상식 책을 챙겨 다녔던 나는, 학
과 게시판에 붙은 여성주의 모임 포스터를 보고 코웃음을 치
기도 했다. 취업에 도움도 안 되는 저런 걸 왜 하는 걸까?

그랬던 내가 10여 년 뒤 한국일보라는 언론사에서 '허스
펙티브*Herspective*'라는 뉴스 브랜드를 런칭하고, 젠더 뉴스레
터를 보내며, '허스토리*herstory*'라는 바이라인을 쓰는 기자로
살고 있다. 그 사이 무슨 일이 있었던 걸까.

다른 여성들도 마찬가지겠지만, 내게도 2016년 강남역
살인 사건이 인식의 전환점이 됐다. 나는 새삼스럽게 '여성

으로 산다는 것'에 눈을 뜨기 시작했다. 당시 부산 소재 신문사의 새내기 기자로 일하고 있었는데, 강남역이라는 물리적 공간을 단 한번도 가지 않은 부산의 여성 시민들조차 불안과 공포를 토로하는 것을 목격했다. 세대와 공간을 넘나들며 여성이라는 이유로 우리가 공유하는 이 감각은 대체 무엇일까. 고민이 자라났다.

그때부터였을까. 보편 인류보다 '여자'로 산다는 것에 수없이 많은 난관이 켜켜이 설계되어 있음을 감지하기 시작했다. 이따금 일상 속 평범한 순간이 투쟁처럼 느껴지는 건 또 어떤가. 가정에서, 학교에서, 회사에서, 친밀한 관계 속에서, 아주 사소한 장면부터 문득문득 의문이 꼬리를 물기 시작했다. '이거 나만 이상해?'

생각은 떠올릴 수 있는 기억 중 가장 앞단인 초등학교 시절까지 거슬러 올라갔다. 초등학교 내내 남자아이들은 1번부터, 여자아이들은 41번부터 번호가 매겨졌다. 남자아이들은 항상 먼저 호명되어 발표를 하거나 스스로를 뽐낼 기회를 얻었다. 운동장에 집합해 번호순으로 줄을 설 때면 여자아이들은 늘 뒤에 위치했고, 다른 여러 기회에서도 순서가 밀렸다.

왜 여자아이들은 늘 뒤 번호여야 했던 걸까. 20여 년 전 한 어린 여자아이가 의문을 품었던 이 같은 방식은 2018년 국가인권위원회가 "남성이 여성보다 우선한다는 잘못된 성의식을 갖게 하는 성차별적인 관행"이라고 판단해 개선을 권고하면서 교육 현장에서 조금씩 바뀌고 있다고 한다.

어디 그뿐일까. 여자 중학교에 다니던 시절, 왜 성교육 수업은 꼭 날카로운 도구를 안쓰럽게 피하는 태아의 초음파 영상으로 진행됐던 걸까. 내가 느꼈던 공포와 죄책감은, 아마 단발머리 짝지도 학급 반장도 동시에 느꼈겠지. 왜 지방의 여학생들은 아무리 우수하고 총명해도 서울의 대학에 진학하는 것보다 고향에 머물 것을 권유받았을까. 무쇠도 씹어 먹을 것처럼 팔팔한 청춘을 자랑하던 스물다섯 살 그해에, '여자 나이는 크리스마스' 같은 시대착오적 농담을 대체 왜 몇 번이나 반복해서 들어야 했던 걸까.

우여곡절 끝에 의무교육을 마치고, 대학 학위를 받고, 지난한 취업 준비 과정을 거쳐 조직에 몸을 담는 순간, 또 한번 깨닫게 된다. 지금까지 '여학생'으로서 겪거나 목격했던 부당함은 그저 맛보기에 불과했다는 것을. '여직원'이 되는 순간, 거친 사회가 온몸으로 나를 향해 '어서 와. 새로운 차원의 차별이 너를 기다리고 있어'라고 외친다는 것을.

"여기자는 뽑아 놓으면 퇴사해" "남자 기자들이 아무래도 일 시키기 편하지" 같은 말을 습관처럼 들었다. 처음엔 저항하기보다 순응하기를 택했다. 더 열심히 일하는 것으로, 조직에 더 헌신하는 모습으로, 더 씩씩하게 대답하면서. 그렇게 증명해 내면 끝이 있을 거라 생각했다.

꿋꿋하게 내 일에 몰두했다. 뾰족한 집중력을 갖고 한 가지 일에 몰입하면, 세상의 부조리쯤이야 대수롭지 않게 넘어갈 수 있을 것이라 믿었다. 성취하고 성장해서 더 높이, 더 멀리 달아나면 온몸을 감싼 '설명 못 할 불편한 마음'쯤이야 훌훌 털어 버릴 수 있을 거라고.

대체 언제까지 증명해 내야 하는 걸까. 하루하루 가쁜 숨이 턱 밑까지 차올랐다. 이 차별은 공기처럼 눈에 보이지 않는 것도 기가 막힐 노릇인데, 내 주변 언제 어디에나 존재해, 아무리 벗어나려 애를 써도 계속해서 살갗에 닿았다. 능력과 실력이 결국 나를 해방하리라는 '능력주의의 덫'은 분투하는 여성이 쉽게 빠지고 마는 착각이다. 비로소 그 덫에서 빠져나와, 혼자 성취해서는 아무것도 바뀌지 않는다는 것을 깨닫는 순간이 왔다. 우리는 모두 안다. "구조적 성차별은 없다"라는 말의 허상을.

잠시 숨을 고르며 주변으로 눈을 돌리니, 자기 자리에서 제 몫을 '과잉 증명'해 내느라 기진맥진한 다른 여성 동료들의 모습이 보이기 시작했다. "여자는 이래서 안 돼"라는 평가를 듣고, 혹여나 그것이 다른 후배 여성의 앞길을 막을까 봐 직장과 가정을 넘나들며 슈퍼우먼으로 24시간 대기하는 워킹맘 선배들이 바로 곁에 있었다. 그럼에도 그들은 꾸준히 썼다. 정작 본인은 안전지대를 침범당하면서도 다른 여성의 안위, 권리, 실상 등을 취재하고, 쓰고, 세상에 내보내기를 멈추지 않았다.

이는 언론사만의 일이 아니다. 정치권, 연예계, 기업, 창업 생태계, 학계, 지역, 사법 영역 등 온갖 분야의 다양한 조직에서 여성들은 '존재하고' '버티고' '발언함'으로써 여전히 남성 중심으로 짜인 경직된 세상에 균열을 내고 있다.

그래서 '나'가 아닌 '우리'를 말하는 여성들의 이야기에 주목했다. 이 책에 실린 인터뷰는 한국일보에서 발행하는 뉴스레터 '허스펙티브'(전 '허스토리') 프로젝트의 일환으로 2021년 9월부터 12월까지 진행됐던 것이다. 인터뷰 섭외와 기획, 원고 작성에만 꼬박 6개월을 매달렸다. 사진을 찍은 한지은은 인턴 기자임에도 불구하고, 열 차례 가까운 인터뷰 촬영을 베테랑처럼 멋있게 완수해 냈다.

인터뷰 시리즈의 이름이자 책 제목인 《여자를 돕는 여자들》은, 자기 영역에서 최선을 다해 균열을 내고 영토를 넓힘으로써 궁극적으로 다른 여성들에게 더 넓은 길을 열어 준 개척자 여성들을 조명하고자 붙인 이름이다. 더 나아가, 기존 질서에 순응할 것을 요구하는 세상의 입김에 흔들리고 위태위태한 젊은 여성들에게 힘이 되는 선배의 레퍼런스를 남기고 싶었다. 따뜻한 조언이거나, 실용적인 꿀팁이거나, 힘이 되는 응원 같은 그런 발자취를 말이다. 나 역시 한 사람의 여성으로서, 매 순간 다양한 인터뷰이의 말들로 위로받고 계속 써 나갈 힘을 얻었다.

인터뷰를 끝맺을 때마다 인터뷰이에게 물었다. "당신을 도운 여자는 누구인가요?" 여성들의 관계는 흔히 '여자의 적은 여자'라는 근거 없는 낙인으로 쉽게 폄하되곤 하지만, 우리 모두는 필경 생애 한번쯤은 다른 여자에게 빚지고 빚 주며 지금에 이르렀다. 나를 도운 그 여자는 엄마일 수도, 친자매일 수도, 체육 수행평가를 함께했던 키다리 친구일 수도, 지하철에서 조용히 불법 촬영 피해 사실을 알려 준 대학생 언니일 수도, 혹은 지금 사무실 옆자리의 과장님일 수도 있을 것이다.

　내게 그런 존재는 한국일보의 김혜영 기자다. 4년 전 회사 선후배 관계로 만난 이래, 선배는 '기자 이혜미'는 물론이고 '개인 이혜미'에게도 가장 큰 영향을 미친 사람이다. 세상을 바라보는 따뜻한 시선과 불의에 대한 예민한 감각, 이를 기사로 써 내야만 하는 직업적 소명 의식을 죄다 선배에게서 구했다. 부침 많은 기자 생활 속에서 조금씩 제 몫 하는 직업인으로 성장할 수 있었던 데에는 어깨너머로, 곁눈질로 모사할 수 있는 김혜영이라는 너무나 훌륭한 본보기가 있었기 때문이다. 화가 나 씩씩대다가도, 좌절해 땅 파고 숨어들었을 때도 선배가 끌어내 주어 꺾이지 않고 계속 쓰는 삶을 이어갈 수 있었다. 언젠가 나 역시 후배들에게 그와 같은 역할을 하리라 다짐해 보지만, 선배가 내어 준 마음에 조금도 미치지 못할 것임을 벌써부터 알고 있다.

　무엇보다 부족한 인터뷰어를 믿고 자신의 내밀한 이야기까지 모두 꺼내어 준 인터뷰이 한 분 한 분께 감사의 말씀을 드린다. 김소연, 김은희, 나임윤경, 류호정, 박예은(핫펠트), 서한나, 임소연, 전수연, 하미나, 한승희. 이 용기 있고 단

호한 멋진 여성들이 내어 준 이야기 덕분에, 쓰는 이와 읽는 이 모두 단단하게 연결되는 황홀한 경험을 했다. 책에는 함께 하지 못한 강혜인(아이키), 이나리 님께도 애틋한 마음을 보낸다. 가끔은 목적이 과정을 압도한 순간도 있었음을 조심스럽게 고백한다. 여성의 이야기를 발굴한다라는 명분과 의욕이 앞서, 혹여 세심하게 살피지 못한 부분이 있었다면 그저 인터뷰어의 실력이 충분치 못한 것이었다고 혜량해 주시길 부탁드린다. 이 한 권의 책은 여러 인터뷰이들과 함께 만들어 낸 결과물이다. 반동의 시대를 잊을 만큼 오랜 시간이 흐른 뒤, 이 책에 적힌 일을 함께 읽으며 '이 엄혹한 시절도 우리가 버텨 냈었지, 하하하' 하고 웃게 되길 바란다.

　책의 마지막 페이지를 덮는 순간, 독자들에게도 어떤 여성의 얼굴이 떠올랐으면 좋겠다. 한 명일 수도 있고, 너무 많아 꼽지 못해도 괜찮다. 그저 지금 딛고 있는 이 땅이, 이름 모를 여자들이 조금씩 넓혀 나간 '우리의 땅'이라는 감각을 공유할 수 있다면 좋겠다. 그리고 끝끝내 엉덩이를 들썩이다 도무지 참지 못해 세상으로 뛰쳐나가는 충동을 여러분에게 선사하게 되길 꿈꿔 본다.

　인터뷰 시리즈를 기획하고, 진행하고, 정리하는 매 순간이 황홀한 각성의 연속이었다. 나를 쓰도록 추동해 준 수천의 허스펙티브 구독자께 감사의 마음을 전한다. 이 책이 위로를, 응원을, 조언을, 안부를 나누는 문장들로 기억되길 바라며, 동시대를 살아가는 여성 엠마 왓슨의 문장으로 긴 서문을 줄인다.

　"내가 아니면 누가? 지금 아니면 언제? *If not me, who? If not now, when?*"

오늘도 분투하는 모든 여성들에게

존경의 마음을 담아

2022년 12월, 이혜미

[차례]

나는 꽃이 아니라 새예요

핫펠트

뮤지션

'여자는 꽃'이라는데,
아무리 생각해도
내가 꽃 같지가
않은 거예요.

오히려
나는 새인 것 같다고
생각했어요.

매 순간 "네가 뭔데"라는 핀잔이 꼬리표처럼 따라붙는 여성
들이 있다. 이들은 세상이 기대하는 방식으로 행동하길 거부
하고, 고정관념과 억압에 있는 힘껏 몸으로 맞서 싸운다. '미
성숙' '충동적' '감상적'이라는 사회적 편견이 덕지덕지 붙은
젊은 여자가 행동 주체로 나설 때, 그를 향한 비난은 더욱 증
폭된다.

아티스트 핫펠트는 이런 공격의 정점에 있는 여성이다.
그가 원더걸스의 예은이라는 익숙한 타이틀을 벗어던지고,
자신이 추구하는 음악관을 선명하게 보여 주는 '핫펠트('진심
어린'이란 뜻의 영어 heartfelt에서 따왔다)'라는 이름으로 돌아
왔을 때, 아이돌 스타의 산실인 JYP 엔터테인먼트를 떠나 힙
합 레이블 아메바컬쳐로 옮겨 자신만의 음악을 하겠다고 했
을 때, 이런 비난이 뒤따랐다. "아이돌 출신인 네가 뭔데, 너만
의 표현을 추구하느냐"라고.

2021년 8월에는 그가 문재인 정부의 법무부 전문위원
으로 위촉됐다는 사실이 뉴스 공간에 뒤덮였다. 서지현 검사
가 이끄는 디지털 성범죄 등 대응 TF♦에서 변영주 감독, 추적
단 불꽃 등과 함께 디지털 성범죄와 관련한 대책을 마련하는
일에 참여한 것이다. 연예인인 그가 사회 인사들과 어깨를 나
란히 했을 때, 어떤 이들은 또 한번 손쉬운 비아냥을 반복했

♦   2022년 5월 윤석열 정부가 들어선 뒤, 법무부는 상의 없이 서지현
TF 팀장을 원직 복귀시켰고, 이에 반발해 핫펠트를 비롯한 전문위원들이
집단 사퇴했다.

다. "아이돌 출신 가수가 디지털 성범죄에 대해 뭘 안다고?"

고작 "네가 뭔데"라는 한마디로 개인의 격을 끌어내리려는 시도는 얼마나 간소하고 무성의한 공격인가. 이 모든 무례함에 담긴 속내는 '자기 의견을 당당하게 표현하는 젊은 여성'에 대한 반감이리라.

몸무게에서부터 쇄골의 날렵함과 인중의 솜털까지, 한국 사회는 마치 쇼윈도 속 상품을 부위별로 품평하듯 여성 아이돌의 외모와 태도를 대중의 입맛에 맞게 길들여 왔다. 이런 세태 속에서 〈텔 미Tell me〉〈노바디Nobody〉 등 히트곡으로 선풍적 인기를 끈 전직 아이돌이 "꽃으로 살고 싶지 않다" "나는 페미니스트다"라는 소신을 또렷하게 밝히기 쉽지 않았을 테다.

이처럼 호락호락하게 세상이 요구하는 바를 받아들이지 않는 그에겐 곧잘 '악플'과 '싫어요'가 따라다닌다. 유튜브에 올라온 그의 영상에는 늘 '좋아요' 수에 버금가는 '싫어요'가 달리고, 사회관계망서비스SNS에서는 그의 페미니스트 행보를 비판하는 익명 모욕 댓글을 어렵지 않게 찾을 수 있다.

그러나 그는 결코 굴하지 않으며, 더 많이 쓰고 더 크게 노래할 뿐이다. "찌를 테면 찔러 봐 멋대로 퍼부어 봐. 사람들은 말하지 넌 껍데길 뿐이라고. (…) I'll be alive will survive 주인공은 never die"(〈아이언 걸Iron Girl〉)라고 그가 쓴 자전적 가사처럼. 먼 훗날 그 무엇보다 '나다운 아티스트'로 기억되고 싶다는 핫펠트를 만났다.

상처받고 힘들어하는 건
내 손해잖아요

핫펠트를 설명할 때 빼놓을 수 없는 단어가
'주체성' '나다움' 이런 것이에요.

　　저는 '나답게 산다'는 생각을 기본적으로 갖고 있
　　어요. 내가 하고 싶은 것, 내가 원하는 것을 추구
　　하는 데 있어서 주변의 시선이나 편견, 선입견을
　　차단하고 가는 거죠.

그런 생각은 페미니즘과 결이 맞닿아 있네요.

　　여성이냐 남성이냐를 떠나서 본인이 하고 싶은

일을 할 수 있고, 본인이 하고 싶지 않은 일을 안 할 수 있는 자유가 보장되는 것. 그런 게 페미니즘의 궁극적인 목적이 아닐까요.

최근 우리 사회에서는 나답게 내 의견을 말하는 것이 때론 참 어렵기도 한데요. "당신은 페미니스트입니까"라고 누군가 묻는다면요?

그렇다고 대답해요. 저는 오히려 이제 자기 의견을 낼 수 있는 사회가 됐다고 믿어요. 10년 전쯤 미국에 있었을 때 한 흑인 여성 아티스트의 인터뷰를 읽었어요. 본인이 흑인으로서 받은 차별보다 여성 아티스트로서 받은 차별이 더 컸다더라고요. 그때 '아, 이건 비단 한국 사회만의 문제는 아니구나' 하고 깨달았죠. 점점 나아지고 있다고 생각해요. 여성으로서의 목소리를 더 낼 수 있기 때문에 갈등도 더 생기는 게 아닐까요.

하지만 소위 깨어 있고, 타협하지 않고, 발언하고, 나대는 여성을 세상이 싫어하잖아요.

요즘은 그래도 많은 여성이 지지해 주세요. 굉장히 힘을 얻는다면서요. 누군가 계속 목소리를 내다 보면, 한 사람 한 사람 더 목소리를 내게 되고,

우리가 공유하는 것들이 좀 더 많은 사람이 공유하는 가치관이 될 수 있지 않을까요.

부당한 공격, 혹은 다수의 공격을 받았을 때
누구나 위축될 수밖에 없는데, 그런 것을 이겨 내고
돌파하는 비법이 있을까요.

이렇게 말해도 되나요? 저는 남이 헛소리하는 것에 대해서는 신경을 안 쓰는 편이에요.(웃음) '좀 헛소리인데?' 싶으면 내가 왜 이렇게 공격을 받는지 고민하지 않아요. 상처받고 힘들어하는 건 내 손해니까요.

대중을 대상으로 작품 활동을 하는 사람으로서,
특정 이미지나 프레임이 덧씌워지는 것이
부담스러울 것 같아요.

분명히 그런 면이 있죠. 저는 음악으로 대중을 만나니까, 아무래도 음악 자체로 받아들여지기를 바라요. 페미니스트는 분명히 저의 한 정체성이지만, 그 이상으로 '나다움'이 중요하다고 생각하거든요.

제게 "왜 페미니스트인데 짧은 옷을 입고 화장을 하느냐"라고 말하는 사람들도 있어요. 그런데 저는 페미니스트라는 게 어느 한 가지 형태로 고정되어 있다고 보지 않아요. 페미니스트지만 화장을 하고 싶으면 할 수도 있고, 예쁜 수영복을 입고 싶으면 입을 수 있죠. 각자의 생각과 욕구를 충분히 표현하고 주장할 수 있어야 해요.

2017년, 영국 배우 엠마 왓슨의 '가슴 노출 화보'가 촉발한 논쟁이 떠오르네요. 가슴을 노출하는 게 평소 페미니즘 신념을 드러낸 왓슨의 주장과 배치된다는 비판이었는데요. 그때 왓슨은 "페미니즘에 대한 오해"라면서 "페미니즘은 여성이 선택권을 갖는 것"이라고 말했죠.

여성도 다 다르단 말이에요. 누구는 치마가 좋을 수 있고, 누구는 바지가 좋을 수 있고, 쇼트커트가 좋을 수 있고, 긴 머리가 좋을 수도 있어요. '내가 원하는 나'가 될 수 있는 사회로 가야죠. 규정하고 획일화하는 것 자체가 옳지 않아요.

그냥 살자, 재밌게, 나답게

*2007년 원더걸스로 데뷔했죠. 한국 사회에서 여성
아이돌이 놓인 처지에 대해서도 고민이 있었겠어요.*

제가 아이돌 활동을 시작한 게 벌써 한 15년 전
이에요. 당시에는 귀여운 콘셉트, 청순한 콘셉트,
섹시한 콘셉트 같은 이미지로만 소비가 됐다면,
요즘 아이돌들은 굉장히 많이 업그레이드됐다고
할까요. 여성 아이돌 중에서도 직접 작사, 작곡,
프로듀싱까지 하면서 그룹을 이끌어가는 이들이
있어요. (여자)아이들의 전소연 씨처럼요. 〈스트
릿 우먼 파이터〉를 봐도, 프로페셔널한 모습을 가
진 여성을 주목하는 분위기가 됐다고 생각해요.

*정말 그런 것이, 요즘 TV에 다양한 여성들이
많이 나오기 시작했어요. 〈노는 언니〉나
〈골 때리는 그녀들〉도 있고요. 결국 세상이 좋아지고
있다고 보나요?*

그렇게 믿고 가야 우리 모두 더 힘을 낼 수 있지
않을까요. 물론 아직까지 차별이나 편견이 많죠.
하지만 그런 문제들이 수면 위로 올라와서 우리

가 대화를 나눌 수 있다는 것 자체가 큰 변화인 것 같아요.

최근 통계를 보면 20대 여성의 우울증 발병이나 자살 시도가 늘고 있어요. 공교롭게도 일상을 올리는 유튜브 채널 코너명이 '핫펠트 네버 다이(절대 죽지 않아)' 더라고요. 어떤 의미인가요.

제 노래 〈아이언 걸〉에 "주인공은 never die"라는 가사가 있어요. 저도 사실은 굉장히 우울하고, 이렇게 살아서 뭐하지 싶은 시기가 있었어요. 우리가 살면서 힘든 건, 내가 남은 시간 동안 뭔가를 해내거나 이뤄야 할 것 같은 책임감과 부담이 느껴져서잖아요. 제 결론은 오히려 내가 이미 죽었다고 상상하고 나머지 인생을 갑자기 생긴 걸로 보는 거예요.

보너스처럼요?

네, 너무 잘 살려고 부담 갖지 말고, 보너스 삼아 내 마음대로 그냥 (시간을) 쓰는 거예요. 대단한 사람이 되고 그런 게 아니라 '그냥 살자, 재미있게'. 어떤 사고에 갇히려고 할 때, 저는 그걸 전환하려고 하는 편이에요.

남들이 말하는 길을 가서는
행복할 수 없다는 걸 깨달았어요

여성으로서든, 아티스트로서든, 무언가와 늘
싸우고 주장할 수밖에 없는 운명일 텐데요. 요새
개인적으로 투쟁하는 주제가 있나요?

추석에 저희 집은 남자든 여자든 음식 만드는 것
부터 설거지까지 다 참여하거든요. 그런데 다른
집들은 그렇지 않다는 걸 알고 충격을 받았어요.
주위 남자 사람 친구들에게 "너희 혹시 〈며느라
기〉♦ 봤니? 되게 좋은 드라마야" 하고 일단 한번
볼 것을 권했어요. 아주 사소한 방식이죠.

'넛지nudge'(타인의 선택을 유도하는 부드러운 개입)
같은 방식인 거네요.

네, 어쨌든 상대가 옳다고 생각하는 게 있을 거 아
니에요? 저는 또 제가 옳다고 생각하는 게 있을
테고요. 그 상황에서 "이게 옳은 거야"라고 얘기
하는 것보다, "네가 옳다고 생각하는 게 사실은 이

♦　고부 관계를 소재로 한 웹툰 원작의 드라마.

런 문제점을 갖고 있어"라면서 대화를 할 수 있게 끔 상황을 만들어요.

그건 정말 에너지를 많이 필요로 하는 일인 것 같아요.
결국 내 마음속에 어떤 동력이 있어야 타인을
설득할 수도 있을 텐데, 무엇이 스스로를 힘내게
하나요?

(성별에 관계없이) 그냥 똑같이 살고 싶으니까요. 제 주변 남자 사람 친구나 제 남동생처럼.

화면을 통해 보이는 모습은 20대 때보다
30대인 지금이 더 좋아 보여요.

20대 때는 사람들의 시선에서 자유롭지 못했어 요. 이렇게 하면 이렇고 저렇게 하면 저렇고. 사 회에서 옳다고 말하는 것들이 있지만, 서른이 넘 어가면 꼭 삶이 한 길로 정해져 있지 않다는 게 보 이잖아요. 나 자신에 대해서도 알게 되고. '나는 남들이 말하는 길을 가서 행복할 수 있는 사람이 아니구나'라는 걸 30대가 되어서야 깨달은 것 같 아요.

음반도 내고, 자기 이야기를 담은 에세이도 출간했죠.

경계를 넘나들며 무궁무진하게 창작 영역을
넓힐 사람이라는 기대가 돼요. 활동한 지 어느덧
14년이 되고 중견의 반열에 들어섰지만, 이제
시작인 듯한 인상을 주기도 하고요.

　　　어릴 때부터 스토리를 좋아했어요. 어떤 사람을
　　　만나면 그 사람이 살아온 삶이 궁금하거든요. 책
　　　을 더 쓸 수 있을 것 같고, 시나리오 작업 같은 것
　　　도 하고 싶어요. 조금 더 긴 호흡으로 스토리를
　　　만들어 갈 수 있는 것들을 영화가 됐든 드라마가
　　　됐든 만들어 보고 싶어요.

다른 사람의 말로 나를
가두지 마세요

또래의 많은 여성들이 여전히 가능성을
제약하는 세상과 싸우고 있어요. 지금을 살아가는
여성들에게 해 주고 싶은 한 마디가 있을까요?

　　　살면서 많이 들었던 이야기가 "여자는 꽃이다"였
　　　어요. 특히 여자 연예인은 잠깐 피고 지는 꽃이라

나요. 그런데 아무리 생각해도 내가 꽃 같지가 않은 거예요. 오히려 나는 새인 것 같다고 생각했어요. (여러분도) 뭐가 '옳고 그르다'는 생각보다 '내가 진짜 원하는 게 뭘까'를 놓고 끊임없이 스스로와 대화해 보세요. 누군가의 시선이나 주변 환경 때문에 주저하지 말고 시원하게 해 봤으면 좋겠어요. 사실 쉬운 길은 분명히 있거든요. 쉽게 가고 싶으면 그렇게 가도 되고, 쉽지 않더라도 재미있는 길을 가고 싶으면 그렇게 가도 돼요. "여자인데 이렇게 행동해야지" "슬슬 결혼해야지" 같은 다른 사람의 말로 나를 가두지 않았으면 좋겠습니다.

지금의 핫펠트를 있게 한
'나를 도운 여자' 는 누구인가요?

저희 엄마요. 항상 결혼을 늦게 하라고 하셨어요.
제가 어릴 때부터 여장부 같은 성격이었는데, "넌
좀 큰일을 해야 한다"라며 키우셨고요. 그리고 고
등학교 1학년 때 여자 담임선생님이 계셨어요.
가수의 꿈을 꾸고 있을 때 다른 선생님들은 험한
말을 많이 했거든요. "너 그러다가 나이트클럽에
서 서빙하게 된다" 같은 식으로 저를 깎고 누르는
말이요. 그런데 담임선생님께서는 같은 반 아이
들 앞에서 "예은이는 우리 학교에서 처음으로 서
울대에 간 가수가 될 거야"라고 말씀하셨어요. 데
뷔를 일찍 해서 서울대는 못 갔지만.(웃음) "네가
여자라서 듣게 되는 주변 사람들의 말 때문에 네
꿈을 포기하지 마"라는 응원을 많이 해 주셨던 것
이 굉장히 기억에 남아요.

핫펠트는 "네가 뭔데"라는 세상의 질문에 애써 답을 증명해 보이기보다 "그럼 너는 무엇이냐" 하고 되받아쳤다. 인터뷰 내내 그의 답변은 유독 여성을 함부로 규정하고 제약하는 세상을 향해 핑퐁 핑퐁 튕겨 내는 탁구공 같았다. 그런 그에게 '후배 아이돌을 향한 한 마디'를 물었더니, "글쎄요. 제가 딱히 할 말이 없을 것 같아요. 알아서 다 잘하고 있기 때문에"라는 답변이 돌아왔다. 모든 사람이 고유하므로, 구태여 다른 사람이 이러쿵저러쿵 말을 보탤 필요가 없다는 지혜로 읽혔다.

　　그의 자전적 에세이 《1719》◆에는 이런 구절이 적혀 있다.

　　소녀여, 더 떠들어라 *Girl, be loud.* 더 세상에 소리치고 시끄러워져도 돼. 더 소리 내서 꿈을 현실로 만들어. 나 자신을 믿고 사랑해 줘. 그리고 너의 이야기를 들려 줘. 세상에 맞서는 게 두려운 또 다른 예은이에게.

　　그는 알고 있을까. 누군가는 앞서 나가는 이의 용기를 바라보며 비로소 '내가 생각하는 대로 말해도 괜찮구나'라는 안도감과 해방감을 느낀다는 것을. 어쩌면 그는 이렇게 존재하고 세상에 소리치는 것만으로 이미 또 다른 여성을 돕고 있는 것이 아닐까.

◆　　우주북스, 2020, 127쪽.

여러분도 '무조건' 할 수 있습니다

김소연
콘텐츠 플랫폼 '뉴닉' 대표

'내 일만' '내 삶만'
좁게 갇혀서
사고하는 게 아니라

———————————————

쉽게 울타리
밖을 내다볼 수 있는
세상을 꿈꿔요.

뉴스레터를 발행하는 콘텐츠 플랫폼 '뉴닉'은 현재 가장 주목받는 미디어 스타트업이다. 2021년에는 25억 원 규모의 시리즈 A 투자(기업의 초기 단계에서 중요한 첫 벤처 캐피털 투자)를 유치했는데, 이는 국내 미디어 스타트업 업계에서 이례적으로 큰 규모다. 구독자 50만여 명(2022년 11월 기준)을 두고 있으나, 이 숫자의 앞자리는 눈 깜박하면 바뀌기 일쑤일 정도로 성장세가 가파르다.

뉴닉의 부상과 더불어 이를 창업한 김소연에게도 세상의 시선이 쏠렸다. '시리즈 A를 유치한 스타트업 창업가, 서울대 경제학부, 《포브스》가 선정한 30세 이하 아시아인 리더.' 이 쨍쨍한 이력은 20대 여성 김소연이 스스로 쟁취한 것이다. 몇 되지 않는 밀레니얼 세대 스피커다 보니 온갖 곳에서 러브콜이 몰린다. 지상파의 시사교양 프로그램, 유튜브 강연 등등.

이런 여성도 차별의 순간과 맞닥뜨릴까? 물론이다. 성차별은 개인의 노력과 의지의 문제가 아니라 구조에 원인이 있으니까. 여러 화려한 수식어를 달고도 그는 여전히 '젊은 여성 창업가'로 쉽게 범주화된다. '젊은 여성'이라는 외피가 일단 사람들의 눈에 들어온 이상, 다른 이력은 쉽게 힘을 잃기 때문이다. "사업 모델을 설명해야 해서 일분일초가 아까운데, 여성 창업가라는 점에 너무 많은 설명을 하게 돼요."

기성 조직보다 좀 더 자유분방하고 다양성을 중시할 것 같지만, 한국의 스타트업 생태계는 이미 천편일률적인 모습이다. 2019년 정부 자료에 따르면 여성의 법인 창업 비율은 26.8퍼센트이고, 〈스타트업레시피 투자리포트 2020〉에 따르면 2020년 기준 국내 여성 기업에 대한 투자 건수는 54건, 전체의 6.6퍼센트뿐이다. 여기에 더해, 스타트업을 육성하기 위한 멘토단의 성비는 32 대 1이다. 물론 1이 여성이다. 가히 '남초 생태계'라 하지 않을 수 없다.

그럼에도 김소연은 지치지 않고 분투할 것이다. 개인과 세상을 쉽고 재미있게 연결하기 위해서. 디지털 세상에서 점점 더 '내 일만' '내 삶만' 좁게 갇혀 사고하는 이들에게 더 다채로운 '창'이 되어 주기 위해서. 어떤 이도 소외되거나 배제되지 않으며 각자의 일터에서 역량을 뽐내고, 자신의 이야기를 내어놓는 세상을 꿈꾸며 오늘도 동료들과 뉴스레터를 보내는 김소연을 만났다.

'능력'이 포괄하지 못하는
아름다움

그간 뉴닉을 설명하는 인터뷰는 많았지만, 김소연이
어떤 사람인지에 대한 인터뷰는 별로 없더라고요.

저도 이런 제안이 굉장히 반가웠어요. 뉴닉의 대
표로만 비치다 보면 이야기할 수 있는 범위 자체
가 한정적이거든요.

여성의 삶을 기록하는 인터뷰를 어떤 마음으로
수락하셨나요?

'여성 창업가'라는 타이틀이 붙는 일이 비일비재

한데, 그다지 유쾌하지 않을 때가 많아요. 행사에서 말하거나 인터뷰를 할 때, 그 프레임 안에서 이미 어떤 답변을 예상하고 질문을 하는 경우가 많거든요. 창업가로서 회사를 운영하는 비결을 물었을 때 그냥 제 비결을 말하면, "그런 거 말고 좀 더 여성 창업가답게 섬세하고 부드러운 부분은 없나요?" 하고 되묻기도 해요.

**'뉴닉 대표'가 아닌 김소연은 미지의 영역이에요.
스스로를 어떤 사람이라고 생각하나요.**

저는 제가 복합적인 사람인 것 같아요. 대학 때 경제학과 심리학을 복수 전공했거든요. 학업을 다 마치지는 못했지만 그 조합이 좋았던 것이, 경제는 인간을 완전하다고 전제하는 면이 있잖아요. 감정에 휘둘리지 않고 효용에 따라 결정하는 합리적 인간으로요. 그런데 심리학은 불완전하고 결함 있는 인간을 상정한단 말이에요. 그 양쪽을 삶의 무기로 배운 것이 정말 좋았어요. 회사에서도 체계적이고 이성적으로 문제에 접근하는 팀원뿐만 아니라, 좀 더 직관적이고 감정을 따르는 팀원과도 잘 어울려요. 저는 그런 양쪽 면이 다 있는 사람인 것 같아요. 그게 마음에 들고요.

입체적인 자기소개네요. 어린 시절의 김소연이
궁금해요.

10대 때는 그냥 공부를 열심히 하는 아이였어요.
제가 되게 뚱뚱했거든요. 그때만 해도 수업 중에
선생님이 비만한 학생들은 손 들라고 해서 갑자
기 성인병 주사를 맞으러 가고 그랬어요. 초등학
교 저학년 때는 뚱뚱하다는 이유로 저를 놀리는
친구들도 있었고요. 그러다 검도를 배우기 시작
했는데, 성장기니까 키가 크면서 살도 많이 빠졌
어요. 그랬더니 친구들과 선생님이 저를 대하는
게 달라졌어요.

주위에서 잘해 주기 시작했나요?

어린 마음에도 그 변화를 느꼈어요. 게다가 공부
를 잘하면 잘할수록 더 잘해 주는 거예요. 불편한
느낌은 있었지만, 어렸기 때문에 그걸 해석하진
못했어요. 능력주의 사회에서 공부를 잘한다는
이유로 선생님들한테 예쁨받거나 장학금 수혜를
입었던 점에 대해서 한편으론 무거운 마음이 들
었던 거죠.

요즘도 우리 사회를 강타하고 있는 게

능력주의잖아요. 능력이 모든 걸 판가름하는
세상에 대해 어떻게 생각하나요.

능력이라는 것이 단순히 경제적 계층을 나눌 뿐
만 아니라 어떤 도덕적 우월감을 갖게 하거나, 더
멋진 사람이라고 표현되는 것에는 불편함이 있어
요. 제가 공부를 잘한 건 잘한 거고, 그렇다고 착
한 아이인 건 아니잖아요. 그런데 '우등생＝착한
아이'로 여기는 선생님이 많았어요. 왜 공부를 잘
하면 '모범생'이죠? '능력'이라고 이름 붙은 스킬
의 집합체가 포괄하지 못하는 아름다움이 너무
많아요.

정말 공감해요. 자라면서 "소년이여, 야망을
가져라 Boys, be ambitious"라는 말은 많이 들었어도,
똑같은 말을 어린 여자들에게 가르치는 건
못 봤어요. 그래서 여학생들이 창업이라는 선택지를
갖기가 어려운 듯해요.

제가 속했던 집단은 안전한 편이었어요. 여자 남
자 할 것 없이 같이 섞여서 농구를 하거나 레슬링
이야기를 해도 이상하지 않았죠.

그런 안전한 집단이 존재했기에 덜 제약받으며 살았고,

그것이 뉴닉 창업으로 이어졌다고 봐도 될까요?

네, 운이 좋게도 '여성이기 때문에'라는 관념으로 부터 영향을 좀 덜 받은 편이었어요. 오히려 창업을 한 뒤 '안전한 집단' 밖에서 '진짜 세상'을 만났을 때 충격이 컸어요. 내가 운이 좋았다는 걸 비로소 알게 된 거죠. 능력주의를 이야기하는 분들도 스스로 운이 좋았던 점을 돌아볼 수 있었으면 좋겠어요.

김소연과 능력주의에 대해 이야기하던 도중, 문득 '능력주의의 화신'인 이준석 전 국민의힘 대표가 마음속에 떠올랐다. 서울의 중산층 가정에서 자라 과학고등학교와 하버드대학교에서 수학한 뒤 '공정'을 부르짖는 30대 엘리트 남성인 그는 여러 인터뷰에서 자신이 공부를 열심히 하고 노력한 결과로 그 자리에 오른 것이라고 밝혔다.

친구들 대부분이 같은 아파트에 살았어요. (⋯) 같은 학원에 다녔고, 똑같이 교육열이 대단했죠. (⋯) 오직 공부로 서열이 매겨졌지요. (⋯) 지금 생각하면 완벽하게 공정한 경쟁이었고요.◆

◆　이준석, 《공정한 경쟁》, 나무옆의자, 2019, 201~202쪽.

그가 '교양 있는 현대 서울 사람이 쓰는' 말투를 자연스럽게 구사하고, 풍성한 교육 자본을 향유하며, 오로지 공부에만 집중할 수 있는 성장 환경을 갖는 데에는 얼마만큼의 운이 작용했을까. 당 대표 자리에 오르는 데에는 그가 타고난 인맥이 얼마만큼 영향을 미쳤을까(이준석은 그의 부친과 친분이 있던 유승민의 의원실 인턴을 시작으로 여의도와 연을 맺었다).

누군가는 자신을 증명해 내기 위해 '능력'을 무기로 삼을지언정 그 성취의 공을 사회의 도움과 자신의 운에 돌리는가 하면, 다른 누군가는 '출발선부터 공정하지 않은 선천적 행운'에 애써 눈감으며 '완벽한 공정'에서 승리한 자신을 찬탄한다. 공정의 외피를 쓴 무한 경쟁에서 패배한 이들은 자신의 능력이 부족함을 탓하거나, 자신의 밥그릇을 노리는 새로운 경쟁자를 비난한다. 대체로 그 화살은 높은 대학 진학률에 힘입어 활발하게 사회에 진출하기 시작한 여성에게 꽂힌다. "이미 여성 상위 시대인데 여성할당제◆가 왜 필요해?"라는 말처럼.

◆ 사실상 한국 사회에 법적으로 존재하는 여성할당제는 여성의 정치 대표성을 제고하기 위해 선출직 공무원 후보의 30퍼센트 이상을 여성에 할당하게 하는 '여성공천할당제'(공직선거법)와 자본시장법 개정으로 2022년 8월부터 적용되는 '여성이사할당제'에 불과하다. 여성이사할당제는 기업 내 의사결정 구조의 성별 다양성을 제고하기 위해 '자산 총액이 2조 원 이상인 상장 법인이 이사회의 이사 전원을 특정 성의 이사로 구성하지 않도록' 하는 내용이다. 그 밖에 공공기관 채용 등에서 시행되는 '양성평등고용제'는 특정 성별이 일정 비율 이상을 넘지 않도록 하는 것으로, 실질적인 수혜는 남성 지원자가 받고 있다는 언론 보도가 잇따랐다.

세상을 실제로 변화시키는 것에
관심이 많아요

능력주의를 얘기하던 도중 민망하지만,(웃음)
아직 서울대 재학 중인가요?

　　휴학을 다 썼어요. 창업을 한 뒤 휴학하면서 공부
　　를 미뤄 왔거든요. 창업 휴학이 1년밖에 안 되는
　　거예요. 누가 창업을 1년 만에 끝내고 돌아오나
　　요. 학적을 멈췄다가 재입학하는 방법이 있더라
　　고요.

마크 저커버그처럼 학업 중단의 결정을
내린 건가요.

　　저커버그도 멋있게 그만두겠다고 자퇴서를 던진
　　게 아니라, 학교 사무실을 계속 찾아가면서 끝까
　　지 미뤄 봤대요. 그런 구질구질한 면이 저커버그
　　에게도 있었던 거죠.

페이스북이 잘돼서 졸업장이 의미가 없어졌을 때
그만두지 않았을까요.

그랬을 거예요. 저도 이제는 뉴닉에 전념해 보기로 했습니다.

한국 나이로 스물아홉(2022년 기준)이니 남들보다 조금 빠른 타임라인을 살고 있는 거네요.

그렇죠. 제 주변에 업계 친구라 부를 수 있는 분들이 모두 30, 40대예요.

'젊은 여성 창업가'라는 정체성을 갖고 삶을 개척해 나가는 건 어떤가요?

정답이 없는 느낌이에요. '이대로만 가면 되겠다' 같은 본보기가 적어서 두렵기도 해요. 제가 가수 보아 씨를 좋아하는데요. 2005년에 〈걸스 온 탑 *Girls On Top*〉이라는 노래를 듣고 깜짝 놀랐어요. "나는 나인 걸"이라는 가사를 듣고 찾아봤는데, 한류라는 말이 없던 시절에 다른 나라에 가서 언어와 문화를 익히며 정상을 찍었잖아요. 없던 길에 아스팔트를 쫙 까는 모습이 정말 멋있었어요. 창업 분야에서 '나도 보아 씨처럼 새로운 걸 하고 있는 게 아닐까' 하고 위안을 삼습니다.

'서울대 경제학과, 뉴닉 창업, 포브스 선정 아시아

30세 이하 리더 30인' 등 사회가 인정하는
엘리트의 요소를 갖춘 건 사실이에요.
그럼에도 여성으로 살면서 느끼는 차별이나
부당함 같은 것이 있겠죠?

투자를 유치하기 위해 모르는 투자자를 만나러 가면 제가 서울대를 나왔는지, 포브스 선정 인물인지 등엔 정말 아무 관심이 없어요. '안녕하세요' 하고 인사를 건네면, 상대방 눈에 보이는 단 한 가지는 제가 어린 여성이라는 것뿐이에요. 제 이력들이 창업 현장에서 뛰는 데 도움 되는 면이 물론 있지만, 그렇지 않은 경우도 상당히 많아요.

예를 들면 어떤 일을 겪었나요.

창업 지원 사업을 통해 연세가 지긋한 남성 멘토를 배정받았어요. 멘토링 약속을 잡으려고 전화 통화를 하는데 시간이 자꾸 엇갈리자 "우리는 왜 이렇게 데이트 약속 잡기가 쉽지 않지?"라고 하는 거예요. 제가 마음을 가라앉히고 "멘토님, 저는 데이트가 아니라 멘토링을 받으러 온 겁니다"라고 말해야 했어요.

정말 상식 밖이네요.

끝이 아니랍니다. 멘토링을 받는 날 예의를 갖춰 사업에 대한 고민을 나눴거든요. 아무래도 제가 이전 만남에 비해 태도가 딱딱했던 모양이에요. 그랬더니 그분이 "얼음 공주 콘셉트냐"라고 묻더라고요. 2차 펀치를 맞은 기분이라 그냥 케이오가 되어 버렸어요. 우리 사회는 지금도 젊은 여성을 회사의 대표나 창업자로 대우해 주지 않는 경우가 많아요.

당황스러웠겠지만, 당시 대처에 아쉬움은 없나요?

저는 아쉬운 점이 없어요. '화를 낼 걸 그랬어요' 이렇게 대답할 수도 있겠지만, 그러다가 자책을 하는 경우도 왕왕 생기겠죠. 그리고 뭐라고 해 봤자 그분은 어차피 이해를 못 했을 것 같아요. 그 자리에서 한 개인과 싸워서 제 에너지를 낭비하느니, 저는 세상을 실제로 변화시키는 것에 더 관심이 많습니다.

**한국 사회에서 여성이 겪는 현실이 이러한데도,
많은 이들이 페미니즘을 '먹고살 만한 여성' 혹은
'엘리트 여성'의 권익 추구라고 비난해요.**

여성 이슈만의 문제는 아닌 것 같아요. 제 주변에

비거니즘을 실천하면서도 비슷한 문제를 겪는 사
람이 많아요. 환경이나 동물권에 대한 신념에 따
라 무언가를 실천하는 것인데 "너는 먹고살 만하
니까 그렇게 하는 거지" "컵라면이 제일 싼데 어
떻게 해?" 같은 이야기를 곧잘 듣더라고요. 결국
모든 종류의 사회 담론이나 운동에 다 해당되는
문제이지 않을까요.

저는 항상 '의도'를 중요시해요. 누군가 그런
질문이나 비판을 하는 의도가 뭔지 들여다보는 거
죠. 그래서 누가 제게 그렇게 묻는다면 곧바로 대
답하기보다 이렇게 되물을 것 같아요. "왜 그러세
요? 사실 무슨 말씀이 하고 싶으신 거예요?"

'여성 창업가'라는 설명에
쏟아야 하는 시간이 아까워요

전체 창업 생태계에서 여성이 적은 것도
사실인데, 그중 투자를 받아 무럭무럭 성장하는
여성은 더 소수인 거죠.

스타트업이 사업 모델을 피칭하고 투자 유치를

위해 프레젠테이션하는 행사를 '데모 데이'라고 해요. 데모 데이에 갔는데 제가 유일한 여성 출전자인 거예요. 제 눈에도 그런 상황이 보이는데 심사위원 눈에도 보이지 않았겠어요? 수적으로 적기도 하지만, 그중에서도 여성의 창업 분야는 뷰티업이나 소매업으로 쏠려 있어요. 특히 뉴닉이 속한 분야는 정보기술에 가까워서 이 분야로 올수록 여성이 더 적은 건 사실이죠.

누군가에겐 김소연 대표도 개척자겠죠.

저보다 더 큰 성취를 앞서 이뤄 낸 여성 창업가들께 큰 리스펙트가 있어요. 저도 진짜 잘해서 누군가가 절 보고 용기를 얻었으면 좋겠다는, 아무도 시키지 않은 책임감을 느끼고 있고요.

앞서 나가는 여자들이 곧잘 가지게 되는 이중고죠. 내가 남성이었으면 고민하지 않았을 것들 때문에 퍼포먼스에도 영향을 받고, 번아웃도 오고.

그렇죠. 간단히 말하자면, 대표에게 시간은 금이거든요. 투자 유치를 할 때 일분일초가 얼마나 아까워요. 돈은 타들어 가고 있고, 스타트업은 그게 바닥나기 전에 다음 투자를 유치해야 하는데, 투자 유치를 하러 간 자리에서 편견이 개입해 '여성 창업가'라는 점에 너무 많은 설명을 하게 돼요. 그 시간이 정말 아까워요.

창업 실전에서 참고하는 롤모델이나
레퍼런스가 있나요?

좀 웃길 수 있는데, 실리콘밸리의 머나먼 백인 남성 창업자들로부터 많이 배웠어요. 창업자로서의 스킬을 키우려면 책이나 영상 자료를 많이 보거든요. 자료가 가장 방대한 것은 아무래도 저 먼 이국에 있는, 저와 인종, 성별이 다른 분들이어서요. 저희끼리는 농담 삼아 '일론 오빠(일론 머스크 테슬라 CEO)'라고 부르기도 하고.

일론 오빠가 있다고 해도, 창업가로서의 고민을
얘기할 여성 선배가 가까이에 없으면 참 외로울 것
같아요. 그 중압감을 어떻게 견뎌 내나요.

외로울 때가 많지만, 잘 모르는 사람들의 비판이나 압력은 제게 큰 타격을 주진 않아요. 오히려 저희 내부 구성원들의 피드백이나, 뉴닉을 제대로 아는 분들의 평가에 부침이 있을 때 더 자극을 받죠. 일단 들을 말과 안 들을 말을 잘 구분해요.

일에만 집중할 수 있는 회사

**뉴닉의 기업 문화는 다양성을 존중하기로
유명하죠.**

저희 조직 문화를 '뉴닉 스피릿'이라고 부르는데,
첫째가 다양성을 존중하자는 거예요. 이건 그렇
지 못한 다른 회사들에 오히려 고마운 지점인데
요. 다양성이 부족한 조직에서 자신의 개성이 깎
여 나가는 경험을 하는 이들이 있어요. 뉴닉은 다
양성을 존중하는 회사라는 이유로 그런 인재들이
모입니다. 기성 조직에서 못 버텼지만 능력은 매
우 뛰어난 분들이요. 저희는 여성 구성원의 비중
도 높고, '레인보우 가이드'라고 해서 퀴어인 팀원
과 잘 일할 수 있는 내부 가이드를 마련해 두었어
요. 간식 하나를 살 때에도 비건을 섞으려고 노력
해요. 그런 과정에서 팀원들은 '배려받는다'는 기
분을 느끼게 되고요.

최근에 입사한 어떤 분이 남긴 피드백 중에 가
장 마음에 들었던 게 "일에만 집중할 수 있다"라는
것이었어요. 딱딱하게 일만 한다는 말이 아니라,
내가 어떤 사람으로 보일지에 대한 스트레스를 받
지 않고, 하고 싶은 일을 속 시원하게 할 수 있다

는 거죠. 대표로서 들은 최고의 칭찬이었습니다.

*2021년 3월 8일 '세계 여성의 날'에 뉴닉은 여성들이
주도해 만들어 온 과거를 기억하고 나아갈 미래를 함께
상상하자며 '위빌드업 We Build Up'이라는 페이지를
만들었어요. 뉴닉이 밀레니얼의 가치를 중요시하는 건
맞지만, 20대 안에서도 젠더를 둘러싼 온갖
갑론을박이 있는지라 구독 매체로서 우려가 없진
않았을 듯한데요.*

캠페인 릴리즈 전에 우려를 안 한 것은 아니지만,
뉴니커(뉴닉 구독자)들과 그간 소통해 온 게 있기
때문에 큰 걱정을 하진 않았어요. 뉴닉은 매일매
일 이슈를 쉽고 재미있게 전달해 왔잖아요. 그렇
다면 세계 여성의 날인 그날에도 기억돼야 할 이
슈들이 있다고 생각했어요. 우리가 어떤 세상을
꿈꾸고 있는지를 모여서 말할 수 있는 공간도 만
들었고요.

그 결과가 궁금합니다.

성별, 나이 등과 관계없이 많은 뉴니커들이 자신
이 바라는 세상을 적어 주었어요. 어떤 어린 학생
은 "생리대 빌려달라고 할 때 목소리를 줄이지 않

아도 되는 세상이 오면 좋겠어요"라고 썼어요. 또 누군가는 "핑크색을 좋아하는 아들이 상처 입지 않았으면 좋겠어요"라는 글을 남겼고요. 성별이라는 잣대로 인해 불편함이나 어려움을 겪지 않는 세상에 대해 다 같이 내는 목소리가 모이는 걸 보고 굉장히 뿌듯했어요.

궁극적으로 뉴닉을 통해 어떤 세상을 꿈꾸나요?

뉴닉은 쉽고 재미있게 세상과 연결되는 게 너무 중요한 곳이에요. 지금까지는 시사라는 분야에서 그런 연결고리를 하나 만든 셈인데요. 사람들이 젠더나 환경, 경제 등 다양한 분야에서 그 연결고리를 확장하고 싶어할 것이란 믿음을 갖고 계속 만들어 나갈 예정이에요. '내 일만' '내 삶만' 이렇게 좁게 갇혀서 사고하는 게 아니라 뉴닉을 통해 쉽게 울타리 밖을 내다볼 수 있는 그런 세상을 꿈꿔요.

아마 '무조건' 할 수 있을 겁니다

뉴닉을 시작으로 '김소연'이라는 자신을

확장해 나갈 것이라는 기대가 들어요.

그렇게 봐 주시니 감사합니다. 지금은 어느 정도 롤플레잉을 하는 기분도 들어요. 제 창업 초기처럼 롤모델도 없고 확신도 약한 시절을 겪는 창업자들이 지금 분명히 있을 거예요. 제가 이 롤플레잉을 하는 동안에 그분들에게 도움이 되면 좋겠다는 바람이 있어요. 제가 도움을 받은 것도 무척 많거든요. 저보다 앞서간 여성 대표님들 중에 선뜻 손을 내밀어 주신 분들도 있고, 여성이라는 것과 관계없이 투자해 주신 분들도 있고요.

마지막으로 동시대를 살아가는 모든 여성에게
하고 싶은 한마디를 남기자면요?

성별로 인해 가고자 하는 길을 갈 수 있을까 하는 두려움이 드는 모든 분께 말씀드리고 싶어요. '할 수 있다!' 앞에서 뭔가 해낸 것 같은 사람들도 전부 시행착오를 겪으며 넘어졌다 일어서는 일을 반복하고 있어요. 이 인터뷰를 보고 '저렇게 되고 싶다' 혹은 '저것보다 더 잘하고 싶다'는 마음이 생긴다면, 아마 무조건 하실 수 있을 거라는 말을 전하고 싶습니다.

지금의 김소연을 있게 한
'나를 도운 여자'는 누구인가요?

세 분이나 떠오르는데요. 일단은 어머니, 그리고 제가 창업을 한 계기이자 조력자인 조소담 전 닷페이스 대표입니다. 뉴닉 이전에 혼자 구독 페이지를 만들며 고민하고 있을 때, 조 전 대표가 나오는 강연을 들으러 갔어요. 강연이 끝나고 그가 내려왔을 때 막무가내로 붙잡고 제가 하고자 하는 바를 설명했죠. 그랬더니 무척 따뜻하게 "저도 구독 신청해도 되나요?" 하고 묻더라고요. 이후 조 전 대표가 시드 투자사를 연결해 주면서 제가 창업의 길로 들어서게 됐어요.

세 번째는 가수 겸 작가인 요조 님이에요. 뉴닉의 초기 구독자라고 알고 있었는데, 우연히 중고 거래를 하게 되면서 친해졌어요. 뉴닉 2주년에 노래를 만들어 주었죠. 가사 중에 "고슴아, 나는 매일매일 너 덕분에 어려운 세상을 무서워하지 않고 다정하고 용감해지고 있단다"라는 표현이 있어요. 이 표현이 정말 좋더라고요. 친구이자 팬으로서 서로를 응원하고 있습니다.

인터뷰 녹취를 정리하면서 생각이 많아졌다. 김소연에게 "젊은 여성 창업가라서 어땠나요" "성차별은 없었나요" 같은 질문을 하는 것이 오히려 더 그를 특정 역할에 가두는 건 아닐까. 세 시간 동안 나눈 그와의 대화를 찬찬히 톺아보며, 나 역시 그런 스테레오타입에 갇혀 그를 바라보며 제한적인 질문을 던지지 않았나 고민이 커졌다.

그럼에도 그의 '젊은 여성 창업가' 면모에 조금 더 귀 기울기로 한 까닭은 인터뷰 내용 속에 있다. 그가 말하지 않으면, 창업 분야 내의 이런 성차별과 불평등이 어떻게 드러날 수 있을까. 인터뷰에서 언급했듯이 한국 스타트업 생태계에서 여성은 모래사장에서 바늘 찾기 수준인데, 20대라는 생물학적 속성까지 더해졌으니 그의 이야기는 정말 세상에 희소한 것이다. 그렇다면 누군가에게는 한 발자국 앞서 나간 이 젊은 여성 창업가의 경험담이 간절할 수 있겠다는 생각이 들었다.

김소연의 티저 인터뷰 기사 일부가 온라인에 선공개되자 이런 댓글이 달렸다. "돈은 거짓말을 안 해. 사업에 여자, 남자가 어딨어?" 겉으로는 얼핏 그럴듯하게 들리는 말이다. 그간 충분히 능력 있는 여성들이 '나는 아직 부족하다'며 '노오력'하게 만든 바로 그 말 말이다. 김소연의 이야기를 들은 이상, 우리는 저런 표현이 총체적 진실과는 그다지 가깝지 않다는 것을 판단할 수 있다. 이것이 바로 '그럼에도 불구하고' 그의 고군분투기가 세상에 널리 알려져야 한다고 믿는 이유다.

김소연이 이 모든 난관을 뚫고, 다양성을 최우선으로 두는 조직에서 개성 있는 동료들과 만들어 나갈 세상이 무척 기대된다. 보란 듯이 성공해서, 한국의 많은 조직이 다양성과 포용성의 가치를 조금 더 고민하는 계기가 되기를 바란다. 귀여운 고슴도치 캐릭터 고슴이와 함께, 우리 모두 어제보다 오늘 조금 더 '다정하고 용감한 시민'이 되는 세상을 꿈꾸며.

여자를 돕는 여자들

자신을 믿고 가세요
함께 살아남았으면
좋겠습니다

하미나 논픽션 작가
임소연 과학기술학자

누군가 나를
인정해 주길 기다리지
마세요.
스스로를 믿어요.

자신을 갈아 넣어
일하지 마세요.
가끔은 타협해도
괜찮아요.

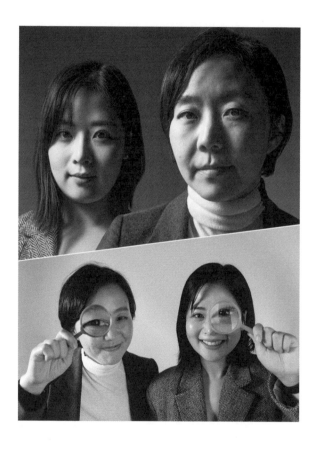

최초의 방사능원소인 폴로늄과 라듐을 발견한 마리 퀴리는 인류의 역사를 바꾼 위대한 과학자다. 그의 성취로 방사선과 엑스레이 기술이 개발되어 누군가를 치료하게 됐다. 그와 동시에 원자폭탄과 원자력발전소도 발명되긴 했지만. 이런 마리 퀴리조차 우리의 어린 시절 위인전에서는 '퀴리 부인'으로 호명되었다. 객관적 사실과 다르지는 않지만, '누군가의 부인'이라는 호칭 하나만으로 그의 총체적 성과는 과소평가된다.

아니나 다를까, 1903년에 마리 퀴리가 방사선 연구로 노벨 물리학상을 받을 때에도 실제로 이와 같은 편견이 작용했다. 연구를 시작하고 주도한 그는 애초에 후보조차 아니었다. 남편 피에르 퀴리가 줄기차게 탄원한 끝에 부부가 공동수상하게 된 것이다. 마리 퀴리는 최초의 여성 노벨상 수상자지만, 이후 100년이 넘도록 후배 여성 과학자들이 걸어온 길은 여전히 척박하다. 역대 수상자 명단에서 노벨 물리학상 219명 중 4명, 화학상 188명 중 7명, 생리·의학상 224명 중 12명만이 여성이다.

이렇게 여성이 배제된 채 만들어진 과학은 그 자체로 완벽할까? '과학을 연구하는 학문'인 과학기술학은 이 같은 의문을 제기한다. 하나의 과학기술이 어떤 환경에서 만들어지고, 어떻게 적용되어, 사회에 어떤 영향을 미치는지를 바라보는 이 학문을 통해 세상은 미처 알지 못했던 '빈틈'을 찾게 된다. 인종·젠더 다양성을 전제하지 않은 과학기술이 얼마나 많은 이들을 설명하지 못하는지, 그리고 배제하는지.

과학의 성 편향에 대해 논할 때면, 누군가는 과학 같은 가치중립적인 학문에 왜 젠더 기준을 들이대느냐고 물을 수 있겠다. 그런데 바로 그런 과학이 어떤 의문에 대해서는 제대로 답하지 못한다. 에어컨을 표준 온도로 가동한 사무실에서 왜 여성은 더 추운가. 똑같은 충돌 테스트를 거치고도 자동차 사고에서 왜 여성 운전자의 치명적 부상률이 더 높은가. 자율주행차량은 남성 운전자만큼이나 여성을 주된 운전자로 고려하고 있는가 등등.

성형수술을 주된 연구 주제로 삼은 임소연과 여성 우울증을 탐구한 하미나는 과학의 그러한 빈틈을 메우는 사람들이다. 겸손하게 목격하고, 겸허하게 기록하는 이들은 또한 과학기술여성연구그룹의 공동설립자다.

한때 '공대 아름이'로 취급받던 이들은 어쩌다 이공계 내 여성 네트워크 조직에 나선 걸까. 어린 시절 과학과 수학을 무척 사랑했고, 심지어 탁월한 실력을 보였으나, 재능 있는 여성에게 '괴짜' 혹은 '별종' 딱지를 붙여 결국 좌절하게 만드는 사회 분위기와 무관하지 않을 것이다. 과학 안에서 여성의 영토를 넓히는 하미나, 임소연을 만났다.

일상의 살아 있는 과학기술을 보여 주고 싶어요

감히 두 분을 묘사하자면 '무경계'가 아닐까 싶어요.
임 교수님은 이공계 출신이지만 석사로
박물관학을 전공하고 지금은 동아대 기초교양대학
조교수로 있어요.《신비롭지 않은 여자들》이란
책을 냈고요. 하 작가님은 과학을 전공한 논픽션
작가이며, 여성 우울증을 심층적으로 들여다본
《미쳐있고 괴상하며 오만하고 똑똑한 여자들》을 썼죠.
두 분에게 과학은 어떤 의미인가요?

　　임소연(이하 임)　한때 굉장히 좋아했지만, 또 한
　　동안 굉장히 싫어하고 두려워했고, 과학기술학을

공부하면서 다시 사랑에 빠진 관계랄까요. 과학
고를 졸업하고 학부에서는 생물학을 전공했어요.

<u>하미나(이하 하)</u>　저는 과학과 철학을 동시에 좋아
했어요. 학부에서는 지구과학환경과학부로 입학
해서 철학을 복수 전공했죠. 지금은 아카데미아
밖에서 글을 쓰고 있지만, 과학은 제가 관심 있는
대상을 탐구하는 방법 중 하나로 삼고 있어요.

두 분 모두 과학사 및 과학기술 협동과정에서
각각 박사와 석사 과정으로 수학했어요.
과학사科學史는 익숙한데, 과학기술학은 어떤
학문인가요?

<u>임</u>　우리가 쉽게 떠올리는 인문학과 사회학을
과학과 합친 거라고 보시면 돼요. 과학기술과 사
회가 어떤 영향을 주고받는지를 보는 학문이죠.

<u>하</u>　예를 들어 뉴턴의 자연법칙을 얘기할 때
과학자들은 실험을 통해 들여다보잖아요. 과학
기술학 또는 과학철학은 뉴턴의 물리법칙 자체
가 '왜 과학인가'를 탐구해요. 뉴턴이 살았던 시대
나 그가 참고한 사회문화적 배경 등을 역사적으
로 조명하면 과학사적인 방법이 되는 거고요. 과
학기술학은 '학문에 대한 학문'이고, '생각에 대한
생각'이에요.

임　　과학자가 세포를 현미경으로 들여다보는 게 과학이라면, 그 광경을 보고 기록하고 분석하는 게 과학기술학이죠.

**임 교수님은 성형수술을 연구 주제로
삼았다고요.**

임　　수많은 한국 여성이 성형수술을 받고, 성형외과는 엄연히 의학대학에 소속된 학과이며 학계도 있어요. 그런데 왜 성형수술을 '과학기술'로 바라보지 않는가 하는 의문이 들었어요. 이런 문제의식을 가지니 환자들을 만나 인터뷰하는 걸로는 풀리지 않더라고요. 왜 여성들이 스스로 누워서 돈을 내고 수술을 받는지 보기 위해 성형외과에서 직접 관찰할 수밖에 없었어요.

**1년 반 동안 성형외과에서 일하면서 '참여 관찰'
형태로 연구했다고 들었어요. 연구 결과를 간단하게
알려 줄 수 있나요.**

임　　제 연구가 '성형수술이 어떻다' 혹은 '성형수술을 해야 한다, 말아야 한다'는 식의 결론을 내진 않아요. 보통 먼저 상담을 받고 수술을 하고 회복하잖아요. 이 과정에 환자와 의사, 상담 직원

등이 개입하는데, 각각의 주체가 굉장히 고립되어 있어요. 의료보험이 적용되지 않으니 관련 정보나 지식이 축적되거나 공유되지도 않죠. 제 눈에는 지금의 성형수술 현장이 하나의 거대한 실험처럼 보이거든요. 문제를 진단하고 해결하기 위해서는 성형수술 현장의 과학기술과 의학을 연구해야 한다고 생각했어요.

하 작가님은 자신의 책에서 여성 우울증을 기록했어요. 그런데 이 분야는 제약 산업이나 권위 있는 정신의학, 신경과학 의사 등이 포진해 있으니 젊은 여성 작가가 뛰어들기엔 큰 용기가 필요했을 것 같아요.

<u>하</u>　　대학원 과정에서 내내 훈련해 온 건 결국 내가 듣고 배우는 지식이 어디서 왔는지, 그 지식의 꼬리표를 계속 확인하는 작업이었어요. 제가 조울증 진단을 받았을 때 저와 제 삶을 함부로 해석하는 여러 지식을 접했거든요. 주로 제약 산업이나 정신의학 분야가 설명하는 것들이요. 그런데 아무리 그 지식들을 쫙 펼쳐 놓고 살펴봐도 뭔가 해소되지 않는 거죠. 오히려 저를 계속 더 억울하게 만들고요.

기존에 만들어진 지식으로 설명되지 않는
어떤 현상이 있다는 거죠?

<u>하</u>　　성형수술도, 여성 우울증도 굉장히 오염된 지식이에요. 여러 산업과 시대적 상황과 섞여 만들어졌죠. 그러다 보니 듬성듬성 빠진 질문들이 보이는 거예요. '그래서 성형수술이 어떤 과학 기술로 행해지는데?' '우울증이라는 게 실제로 어떻게 만들어진 의학 지식이지?' 우리는 그걸 들여다보고 싶었던 거예요. 그러면 굉장히 다른 게 보이거든요. 어디서 더 적확하게 개입해서 문제를 해결할 수 있을지 알게 되죠.

<u>임</u>　　우리의 할 일은 그냥 일상의 살아 있는 과학기술을 보여 주는 거예요.

미처 보지 못한 과학의 편향이나 오류가 담긴
블랙박스를 여는 느낌이겠네요.

<u>임, 하</u>　맞아요!

평범하거나 못하는 여성도
잘 살아남을 수 있어야죠

**조금 큰 질문을 던질게요. 과학은 과연 논리적이고
편향이 없나요?**

하   '과학은 논리적이고, 편향이 있을 수 있다'
고 봐요. 그 자체로 존재하는 과학이라는 건 없고,
언제나 개별 과학자에 의해 행해지잖아요. 그 사
람이 선택하는 연구 주제나 방법, 펀딩 여부 등에
따라 당연히 편향이 생길 수 있죠. 편향이 있다고
해서 논리적이지 않거나 비과학적이라는 의미는
아니에요. 편향을 고쳐 가며 최대한의 객관을 추
구하는 것이 과학의 방법이지 않을까요.

한국과학기술기획평가원의 2017년 조사에 따르면,
과학기술 연구개발 인력 중에 여성 비율은 20.1퍼센트에
불과해요. 직급이 높아질수록 이런 불균형이
심화되고요. 이러한 현상이 한국만의 문제는 아닌 것이,
《뉴욕타임스》 칼럼니스트 찰스 블로우Charles Blow가
2015년 STEM(과학·기술·공학·수학) 분야 전공자의
편중이 여러 차별과 불평등의 새로운 원인이라고
지적했죠. 서구권에서도 이공계의 성 편향은 도드라지는

현상으로 자리 잡았어요.

임　　젠더 고정관념 때문인 것 같아요. 제가 본 2019년 유네스코 보고서에서는 신기하게도 유럽의 성평등 국가가 아니라 아랍에미리트나 이집트 같은 나라에서 여성들이 이공계에 더 많이 진학해요. 특히 정보통신기술 분야에는 여성이 40퍼센트 넘게 진출해 있어요. 흔히 성평등에 가까운 서구 사회일수록 그렇지 않고요.

와, 생각지 못한 현상이네요.

임　　서구 사회를 예로 들면, 1980년대 중반 미국에 개인용 컴퓨터가 보급되기 전까지 컴퓨터는 여성의 영역이었어요. 영화 〈히든 피겨스〉에 나오는 것처럼 슈퍼컴퓨터를 운영하는 것은 거의 여성의 일이었죠. 타자기가 나왔을 때 타자수도 여성이었고요. 그런데 개인용 컴퓨터가 등장한 이후 기업에서 가정에 컴퓨터를 팔 때 '오락용'이라고 홍보를 해요. 그러다 보니 게임 문화를 즐겼던 남자아이들이 컴퓨터를 쓰기 시작했고, 그 기술이 남성성과 강하게 결합된 거죠.

　　그런데 비서구 사회에서는 이런 역사가 길지 않다 보니 그런 젠더 고정관념이 크게 영향을 미치지 않은 거예요. 그냥 재밌다거나 혹은 돈을 벌려는 실용적이고 단순한 이유로 선택하다 보니 오히려 여성의 이공계 진출이 활발해요. 물론 과학자로서 진로를 얼마나 오래 유지하고 높이 올라가는지는 또 다른 문제겠지만요.

이공계에서 활약하는 여성이 적은 이유는,
애초에 이공계 전공으로 입학하는 여학생이 적은
까닭도 커요.

하　　흔히 '여성은 언어적 기능이 발달했을 것이다' '남성은 수학과 과학을 잘할 것이다' 같은 생물학적 특성에 기반을 둔 고정관념이 굉장히 많잖아요. 그런 고정관념이 만들어 낸 편향이 여러 차원에서 이미 공고해져 있어요. 예를 들어, 이 분야에 여성이 부족하니 여성이 편하게 일할 수 있는 제도도 부족하고, 제도가 부족하니 거기서 생산되는 지식도 여성을 배제한 채로 만들어지는 거죠. 여러 차원에서 이런 것들이 함께 작용하면서 여성이 이공계에 가까이 갈 수 없게 만들어요.

덧붙여, 여성이 이공계에서 살아남으려면 아주 탁월해야만 한다는 것도 문제예요. 정말 뛰어난 여성만 잘되는 게 아니라 좀 평범하거나 못하는 여성도 이공계에 진출하고 살아남을 수 있어야 전체 수가 늘어날 수 있어요.

**상황이 이럴진대, 이공계 여성 장학금이나
여성 과학기술인 우대 정책에 대해 '역차별'이라며
비판하는 목소리가 있어요.**

임　　과학기술 분야 여성을 대상으로 한 각종 정책이 있어요. 여성 과학기술인 육성을 위한 재단이 따로 있을 정도예요. 2000년대 초반부터 이공계 여성을 지원하고 육성하는 정책이 있고요. 예산도 꽤 돼서 지원은 세계적 수준에 다다랐다고 봐요. 그럼에도 과학기술 분야 안에서 여성은 계속 소수자로 존재하고 있잖아요. 전체의 20퍼센트를 넘지 못하거든요. 과학과 수학을 정말 잘하고 재밌어하는 뛰어난 여성으로만 채워서 그래요. 그러다 보니 20퍼센트가 최대치인 거죠. 이걸 넘어가려면 '과학 잘 못하지만 그냥 가 볼까' 하는 여성도 이공계에 진학할 수 있어야 합니다. 남학생들은 과학·수학을 잘하는 것과 상관없이 입학한다는 연구 결과가 있어요.

여성 할당 같은 인위적 보정이 필요할까요?

<u>임</u>　저는 할당제를 찬성하는 편은 아니에요. 현재 이공계 안에서도 딱히 할당제라고 할 만한 제도는 없고, 정책 권고 사항으로만 되어 있어요. 그런데도 여성 연구자가 성취를 하면 여성이라서 올라갔다고 보는 시선이 있어요. 그러니 실제 현장에서 여성들은 '아니다, 나는 실력으로 온 거다'라는 것을 스스로 입증해야 하는 부담까지 지게 되는 거죠.

<u>한</u>　제가 처음에 과학 잡지를 만드는 언론사에 입사했었어요. 그런데 사장이나 상사가 모두 여자인 거예요. 저는 되게 좋았는데, 어떤 선배가 "그게 과연 괜찮은 신호일까"라고 말하더라고요. 어떤 직종에 여성 비율이 높다면 그 직종은 저임금일 가능성이 높다는 의미였어요. 과학기술 분야는 평균보다 높은 임금을 받잖아요. 남성이 많은 분야의 특징이죠. 그런 분야에는 여성이 들어갈 틈이 주어지지 않아요.

포용성과 다양성,
정의와 구조에 대한 문제의식이
여성 연구자의 강점이에요

두 분은 어렸을 때 수학과 과학을 정말
좋아했다고 했는데, 왜 많은 여성이 자라면서
이 두 과목을 싫어하게 될까요?

임　　　수학 점수가 높아질수록 내 여성적 매력
은 떨어지죠.(웃음) 수학에는 답이 하나로 딱 정해
져 있잖아요. 그걸 찾아가는 과정이 어릴 적에 너
무 재밌는 거예요. 그런데 제가 재밌어하면 할수
록 사람들이 저를 여자로 보지 않는 거죠. '희귀
종'으로 불렸어요.

하　　　수학·과학을 좋아하는 여성이 덜 매력적
으로 그려지는 것 같아요. 알게 모르게 이공계 여
성을 매력적이지 않게 여기는 사회 분위기가 정
말 존재해요. 그런데 남자가 수학이나 과학에 탁
월하면 천재 취급을 받아요.

심지어 섹시하다고도 하죠!

하　　　수학·과학 영역에 진입하는 것이 여성 입

장에서는 일종의 '도전'이 되는 상황이 부담스럽기도 한 것 같아요. 저는 어렸을 때부터 항상 제 경쟁 상대를 남자라고 여겼어요. 걔들이 잘하는 영역에 들어가서 내가 더 잘하고 싶은 마음이 있었죠.

임   여학생이 수학을 잘하면 입시 상담할 때 꼭 교대나 사범대를 추천해요. 공대나 자연대는 말리고요. "수학교육과 얼마나 좋아. 왜 수학과를 가?" 그런 말에 오기가 생겼어요.

지금은 이공계의 성차별로부터 자유로운
기분이 드나요?

임   사실 저는 아주 최근까지 세상의 고정관념을 극복하지 못했어요. 오랫동안 남자가 봤을 때 매력적인 여자가 돼야겠다는 집착을 강하게 가지고 있었어요. 제 젊은 시절을 상당히 오래 허비했던 거죠. 그러면서 제가 취한 방법이 '수학·과학을 잘하지만 못하는 척하자'는 것이었어요.

똑똑한 여자들이 한번씩 늪에 빠진다는
'백치 전략'이군요.

임   네, 아주 못된 버릇을 들였죠. '백치미의

시대'를 지나서는 '능력주의 시대'에 몇 년을 빠져 살았어요. 제가 2016년에 출산을 했는데요. 임신과 출산을 계기로, 아무리 해도 안 되고 억울하고 분한 지점을 직시하게 됐어요. 학문적 성취로는 저를 훨씬 능가한다고 보기 어려운 남성 연구자가 착착 교수 임용이 되는 것을 지켜봐야만 했죠. 그전까지는 못할 게 없었거든요. '능력이 부족하다'고 하면 '이만큼 더 할 수 있다'고 보여 줄 수 있었고요. 주변에서는 "네가 외부 활동을 안 해서 그래" "논문을 더 써야 해" 같은 말로 제게 뭔가를 더 요구했어요. "네가 부족해서 그런 것"이라면서요. 지금까지 개인의 문제라고 바라봤던 것들이 여자라서 겪는 문제임을 직시하게 된 순간이 출산이었어요.

임신, 출산, 양육이 공부하며 일하는 여성의 삶에 미치는 영향을 심층적으로 들여다본 《아이는 얼마나 중요한가》는 미국의 여성 연구자(대학원생, 박사후연구원 등)들이 가족친화적이지 못한 대학 내에서 어떻게 구조적이고 은밀한 차별과 배제를 겪고 커리어에서 뒤처지는지를 방대한 데이터와 인터뷰를 통해 드러낸다. 과학이라는 분야는 가정을 생각할 겨를도 없이 연구에 몰입해야 하니, 출산과 육아에서 자유롭지 못한 여성은 '진정한 과학자'가 될 수 없는 숙명인 걸까. 이 책에 따르면 박사학위를 받고 2년 뒤에 남성은 거의 50퍼센트가 자녀를 뒀지만, 여성은 겨우 30퍼센트 남짓만 자녀를 낳았다. 이를 두고 저자는 "부성이 아닌 모성만이 젊은 과학자의 앞날을 막는 표식처럼 여겨진다"라고 일컫는다.♦

그럼에도 여성 연구자만이 갖는 강점을 꼽자면요.

임　　여성이 감성적이고, 모성을 지녔고, 소통과 융합 능력이 있어서 남성보다 4차 산업혁명 시대에 더 경쟁력이 있다고들 말하지만, 저는 그렇게 여기지는 않아요. 제가 생각하는 여성 과학기술인의 장점은 포용성과 다양성, 그리고 정의와 구조에 대한 강한 문제의식과 책임감이에요. 우리 사회를 더 괜찮은 모습으로 바꾸기 위해 과학기술을 어떤 도구로 사용할 것인가에 대한 예민한 문제의식이야말로 큰 강점 아닐까요.

한　　교토대학교 영장류 연구소에서 공부하는 이보윤이라는 친구가 있어요. 기존 영장류 연구에서는 모성을 강조하는 연구가 많았어요. 아기 원

♦　메리 앤 메이슨·니컬러스 H. 울핑거·마크 굴든,《아이는 얼마나 중요한가》, 안희경 옮김, 시공사, 66쪽.

숭이와 엄마 원숭이를 떼어놓고 아기가 얼마나 힘들어하는지 같은 것들을 보면서 모성의 중요성을 말한다는 거예요. 그런데 그 친구는 기존 연구에 문제의식을 느꼈어요. 새끼를 엄마뿐 아니라 공동체가 함께 키우는 것에 주목해요. 모성이라는 걸 비판적으로 사유하지 않으면 나올 수 없는 연구 시각이죠.

목소리가 덩어리지면
권력이 생겨요

이공계 여성 연구자들은 '랩실'이라고 불리는 실험실에 소속되어 연구를 하죠. 주로 남성 동료들과 함께하는데, 최근엔 페미니즘에 대해 격렬한 저항이 일기도 해서 어려움을 겪는 이들이 많다고 들었어요.

임　　　랩이라는 공간 자체가 폐쇄적이고 위계적이에요. 교수도 대부분 남성이고 연차별로 위계질서가 짜여요. 예전에는 여성 연구자에게 '여자라서'라는 딱지를 붙여서 알게 모르게 배제했어요. 지금은 그에 더해 "페미(페미니스트)냐"라고 묻는다는 거예요. 스스로를 페미니스트로 정체화하는 이공계 여학생들에게는 더 숨 막히는 상황이 되는 거죠.

**진로와 생계가 달린 일인데 그렇다고
그만둘 수도 없잖아요.**

<u>하</u>　차별적인 상황을 만났을 때 똑똑한 이공계 여성이 흔히 취하는 선택 중 하나가 '내가 더 잘하면 되겠지'라고 마음먹는 거예요. 지금까지는 그걸로 많이 돌파해 왔을 테니까요. 그런데 저는 나와 비슷한 상황에 처한 다른 동료를 찾아 뭉치는 것으로 전환하는 방식이 굉장히 필요하다고 봐요. 목소리가 덩어리지면 권력이 생겨요. 하지만 '내가 더 열심히 하면 되겠지'는 개인을 고립시켜요. 구조적인 문제를 개인이 해결해야 될 문제로 만들어 버리고요.

여성들의 네트워크가 중요하다는 말이군요.

<u>임</u>　지금의 과학 자체가 갖고 있는 특성이 혼자서는 할 수 없다는 거예요. 최소한 하나의 실험실 단위로 움직이고, 국내외 다른 연구자와 협업

하면서 과학 연구가 대규모화되고 있어요. 연구비를 딸 때나, 업계나 학계에서 신뢰도를 쌓는 데에도 네트워킹이 정말 중요해요.

하　　그래서 저희도 뭉쳤잖아요. '과학기술여성연구그룹'으로요.

**과학기술여성연구그룹 공동설립 계기가
궁금해요.**

하　　저와 임 선생님은 말 그대로 '사제지간'이에요. 2017년쯤 서울대 과학사 및 과학기술 협동과정 수업에서 선생님과 학생으로 만났죠. 뿔뿔이 흩어져 있는 저희를 임 선생님이 모았어요. 대학원에 저와 함께 백가을이라는 친구가 있었는데요. 그 친구는 디지털 성폭력 관련 연구 논문을 쓰고 있었어요. 그렇게 셋이서 같이 밥을 먹다가 지금의 모임이 만들어졌습니다.

임　　2019년 9월이었어요. '과학기술여성연구그룹'이라는 이름도 짓고 로고도 만들고 포럼도 기획했어요. 저는 수업에서 하미나와 백가을이라는 친구들을 보면서 '진짜 저렇게 살아도 돼?'라는 생각을 가장 먼저 했어요. 이들은 그때도 페미니스트로 활동하면서 연구를 했거든요. 저는 남자 교수들의 인정을 받으려고 아등바등하는 사람이었고요. 이 친구들이 자기가 옳다고 여기는 것, 하고 싶은 것을 하고 사는 모습이 정말 살아 있는 것처럼 보이더라고요. 제겐 학생이라기보다는 멘토 같은 느낌이에요.

한　　제가 대학원에서 우울증으로 석사 논문을 썼는데, 원래 시작한 주제는 '여성 우울증'이었어요. 석사 과정만 5년을 했는데요. 게이트키퍼를 설득하는 게 너무 어려웠어요. 결국 졸업을 향해 가면서 교수진의 의견을 반영해 여성 얘기가 다 빠졌죠. 그 과정에서 페미니즘과 여성 얘기만 하면 편향된 연구자 취급을 받으니 분통이 터지더라고요. '내가 잘못된 건가' 가스라이팅 당하는 기분이 들기도 하고요. 아예 졸업을 안 하려고 할 때, 논문을 계속 써야 한다고 끝까지 설득한 사람이 여기 있는 임 선생님이었어요. 세상에 의해 내 능력을 부정당하고 거부당하는 경험을 반복하다 보면 스스로도 의심하게 되거든요. 그럴 때 나를 보호해 주는 게 동료예요.

**훈훈한 분위기로 인터뷰를 마무리하게
되네요. 동시대를 살아가는 다른 여성들에게
한마디를 전하자면요.**

한　　누군가가 자기를 인정해 주기를 기다리지

않으셨으면 좋겠어요. 인정과 마찬가지로 사과도 기다리지 말고요. 그저 스스로를 믿고 갔으면 좋겠어요. 무엇보다 주변에 비슷한 여자들과 연결되었으면 좋겠어요. 물론 그 과정에서 꼴 보기 싫어지는 일도 생길 수 있어요. 그래도 참고 지내다 보면 견딜 만해요.

임   이공계의 핵심이 능력주의다 보니 많은 여성이 스스로를 갈아 넣어 일해요. 그렇게 하면 성공할 수 있죠. 하지만 과연 그렇게 해서 성공하는 것이 진정으로 평등한 성공일까요. 일류 여성이 잘되는 건 평등이 아니에요. 이류 여성도 이류 남성만큼 잘 되어야죠. 무엇보다 정말 잘해야 이공계에 간다고 바라보지 않았으면 좋겠어요. '쫄지 않았으면 좋겠다'고 말씀드리고 싶어요. 가끔 타협해도 괜찮아요. 스스로에게 엄격하지 않으면서 주변 여성들과 함께 살아남았으면 좋겠습니다.

지금의 하미나와 임소연을 있게 한 '나를 도운 여자'는 누구인가요?

<u>하</u>　　전 너무 분명하게 임소연 선생님입니다. 선생님이 고군분투한 덕에 다른 과학기술여성연구그룹 친구들이 수월하게 연구하고 서로 소통할 수 있었어요. 과학기술과 여성, 젠더에 대해 홀로 공부하고 연구하며 척박한 환경을 열심히 개척하셨기에, 제가 수업을 통해 쉽게 배울 수 있었고요.

<u>임</u>　　과학기술여성연구그룹의 하미나와 백가을이 제 인생 멘토예요. 페미니스트라고 해도 지향점이나 가치관이 다 다르잖아요. 여자로서의 경험도 그렇고요. 그런데 그 다름을 포용하는 모습을 많이 목격해 왔어요. '여자가 여자와 함께한다는 건 이런 거구나'라는 것을 이 두 사람에게 배워서, 제가 다른 여자들을 만날 때도 그렇게 하게 돼요. 이들을 통해서 여자들과의 연결이 어떤 것인지를 실전으로 배웠어요.

'과학'. 정말 뼛속까지 문과생인 내게는 무척 먼 단어다. 내가 졸업한 남녀공학 고등학교에서는 '여자냐 남자냐' 혹은 '이과냐 문과냐'에 따라 반이 달라졌는데, 여자+문과 조합의 분반 수가 압도적으로 많았던 걸로 기억한다. 상대적으로 남학생은 이과를 선택한 비율이 높았다.

수학이 싫어서 한 선택이었지만 돌이켜보면 나는 초등학생 때 수학 경시대회에 출전하기도 했던, 수학을 꽤 잘하는 학생이었다. 그러다 여자 중학교에 진학하고, 부지불식간에 수학과 과학에 거리감을 느끼는 학생이 됐다. 많은 여학생이 당시 '기술가정' 교과목을 배울 때, '가정'에는 친밀감을 느끼지만 '기술'은 낯설게 느낀 것처럼. 그 많은 여학생은 정말로 이과 과목들을 싫어한 걸까, 아니면 그렇게 되도록 만들어진 걸까.

"여성은 수학과 과학을 기피한다" 혹은 "능력이 떨어진다"라는 낭설은 지금까지도 꽤 많은 차별의 근거가 되고 있다. 정보기술 사회에서 STEM이라 분류될 정도로 이공계 학문과 진로가 각광을 받고, 자연스럽게 구직 기회나 고임금 직장도 이 분야에 압도적으로 분포해 있다. 그래서 STEM 분야의 남성 집중 현상은 평균 임금의 성차를 유발하는 요소이기도 하다. 여성은 저임금 서비스직에 종사하는 비율이 압도적으로 높고, 높은 교육을 받은 여성이라도 승진이나 성장에 한계가 있는 업무 위주로 배치된다는 점에서 더욱 그렇다.

상황이 이러할진대, 성차별주의자들은 너무 쉽게 여성

의 '능력'에 낙인을 찍는다. 여성은 선천적으로 감성적이며 논리에 약하다는 편견이 그중 하나다. 사회적 편견으로 인해 여성은 이공계보다는 문과 진로를 택하게 된다. 어쩌다가 자신의 재능과 재미를 이공계에서 찾은 여성도 남성 중심 문화가 팽배한 학교와 학계에서 살아남기 위해 추가로 애를 쓴다. 번아웃의 확률도 높아진다. 그렇지 않으면 부적응자로 찍히기 십상이다.

최대한 많은 사람에게 이 글이 가닿기를 바라지만, 인터뷰 시리즈를 기획하며 가장 먼저 염두에 둔 독자는 20대 여성이었다. 각 분야에서 새로운 영토를 개척해 나가는 여성들의 서사를 통해, 젊은 여성 독자들 앞의 '미지의 영역'에 드리운 안개를 조금이나마 걷고 싶었기 때문이다.

이공계에서 여성의 영역을 넓히는 임소연과 하미나의 이야기를 통해 우리가 몰랐던 특정 분야의 세상을 조금 밝히고자 노력했다. 학계에서 여전히 분투 중인 임소연, 이공계적 지식을 바탕으로 대중에 친밀한 과학 글쓰기를 선보이는 하미나의 과학을 대하는 자세에서부터 후배 여성 과학인을 환대하는 마음 등을 담았다. 그와 동시에 척박한 분야에서 자신의 길을 닦아 가는 두 사람을 응원하고 싶기도 했다. 이 모든 욕심을 담아, 또 다른 척박한 땅에서 분투 중인 당신을 응원한다.

다른 누군가가 아닌
나를 위해
용기를 내세요

김은희
테니스 코치

저는 저만의
확신이 있었고, 굳이
이기지 않더라도

이걸 안 하면
후회할 것 같았어요.

다른 누군가가 아닌 나를 위해 용기를 내세요

'체육계 미투 1호 김은희' 이 열 글자가 수많은 기사의 헤드라인을 크게 장식했던 최초의 순간이 있다. 2020년 1월, 자유한국당(국민의힘 전신)이 총선을 앞두고 테니스 코치 김은희를 영입한다고 발표했던 날이다.

한동안 그는 세상의 온갖 물음표를 몰고 다녔다. "아니, 성폭력 피해자가 가뜩이나 젠더 감수성 떨어지는 한국당엔 왜?" "성폭력 피해자가 정치를 왜?" 많은 카메라 앞에 선 날, 그의 얼굴은 한참 굳어 있었다. 마이크를 쥐고 인사하는 동안에도 여러 생각이 스치는 듯했다. 마치 '내가 어울리는 자리에 있는 건가' 하는 듯 복잡한 표정이었다.

그는 제1야당의 첫 영입 인사로 이름을 올렸음에도 불구하고, 미래통합당(국민의힘 전신) 지역구 공천에서 배제되었고, 미래한국당(21대 총선에서 미래통합당이 만든 비례대표 위성정당) 비례대표 공천에서도 당선권 밖의 번호를 받아 국회에 입성하진 못했다. 그리고 얼마간 세상과 거리를 둔 듯, 그에 관한 어떤 소식도 들을 수 없었다.

그러던 김은희의 이름 세 글자가 다시 언론에 등장한 건, 2021년 8월 한 법원 판결 기사에서였다. 19년 전인 초등학생 시절 그의 테니스 코치였던 성폭력 가해자를 상대로 낸 손해배상청구에서 승소가 확정된 것이다.

중요한 건 승패보다 판결 내용이었다. 10년이 훌쩍 넘은 범죄 피해에 손해배상청구 권리가 있는지가 최대 쟁점이었는데, 법원이 청구권 시효의 시작을 마지막 범행 시점이 아닌

'성폭행으로 인한 외상후스트레스장애 PTSD 현실화' 시점으로 본 기념비적인 판결이었다. 오래전 피해를 입은 이들에게도 민사 배상의 길이 열린 셈이다. 그가 지난한 재판 과정을 감당하지 않았다면, 이러한 법적 해석은 나오지 않았을 것이다.

　5년 동안의 민·형사 소송을 끝맺으며 그는 후련한 표정으로 말했다.

　"그걸 꼭 네가 해야 돼?"라는 말을 많이 들었어요. 제가 하면 다음에 누군가는 이 과정을 안 거쳐도 되거나, 시간을 많이 줄일 수 있잖아요. 죽이 되든 밥이 되든 뭔가를 해야, 그것을 발판 삼아 누군가가 앞으로 나갈 수 있지 않겠어요?

　나를 위해 그리고 뒤따르는 누군가를 위해 기꺼이 길을 만들어 내는 김은희를 만났다.

단 한 명에게라도 도움이 된다면 하는 게 맞다

2020년 총선을 앞두고 자유한국당이 1호 인재로 영입을 했었죠.

피할 수 없는 질문이네요.(웃음) 당시 우연찮게 연락을 받았고, 고민한 끝에 인재 영입으로 들어가게 됐는데 정말 많은 일들이 있었죠.

묵직한 마음이 느껴지는 답변이네요. 짧게나마 경험한 정치는 어땠어요?

값진 경험을 했어요. 많이 배웠고 많은 사람을 알

게 됐기에 좋은 경험이었죠. 좋은 경험이 꼭 성공적인 경험일 필요는 없잖아요. 비싸고도 뼈아픈 인생 공부를 했어요.

느낀 부분이 많았나 봐요.

사람 사는 이야기가 뭐 다를까 싶었는데, 정치는 다르긴 다르더라고요. 그곳에서는 제가 지금까지 살아온 방식으로는 뭔가 해결을 하고 앞으로 나아가기 어려울 것 같았어요. 저는 '진심은 진심으로 통한다'라고 생각하는 사람인데, 그런 진정성이 통하는 곳은 아니구나 싶었고요.♦

사실 2020년 1월에 은희 씨 생애 첫 인터뷰를 제가 했죠.

다시 돌아간다고 해도 그 인터뷰를 하게 될 것 같아요. 기자님과 인터뷰를 하고 나서 '여기서 그만

♦　인터뷰를 하고 두 달쯤 지난 2021년 12월, 김은희는 자신의 페이스북에 "국민의힘 여성본부 부본부장직을 제안받았으나 거절했다"라고 썼다. 당시 이준석 전 대표의 발언으로 인해 피해자로서의 삶을 부정당한 것만 같았으며, 이수정 경기대학교 범죄심리학과 교수가 국민의힘 중앙선거대책위원회 공동선대위원장으로 합류하는 과정에서 드러난 태도로는 함께할 이유를 못 찾아서라고 밝혔다.

해야 되나' 고민을 굉장히 많이 했거든요. 지금도 그렇지만 저는 인터뷰를 할 때 뭔가를 꾸미거나 포장하며 말하는 게 훈련이 안 된 사람이에요. 막상 인터뷰를 해 보니 이런 일에 내가 적합하지 않다는 걸 스스로 정말 많이 느꼈어요. '인터뷰를 하기에도 너무 부족한 사람인데, 과연 정치라는 무대에서 버틸 수 있을까. 내 불안한 모습을 앞으로 많은 사람들이 보게 될 텐데, 과연 그런 모습으로 (성폭력) 피해자들에게 도움이 될 수 있을까.' 고민이 많았죠.

당시 욕도 많이 먹었던 게, '피해자 당사자성'을 내세우고 정치권에 첫발을 디뎠는데 하필이면 젠더 감수성이 가장 떨어지는 정당에 가느냐는 것이었죠.

주위에서 가장 많이 들었던 질문도 "왜 하필?"이었어요. 왜 하필 그 당이냐. 저는 오히려 반문을 해요. "그러면 다른 당이면 괜찮은 거예요?"라고 물으면 선뜻 그 사람들조차 확답을 못해요. 입 밖으로는 "왜 그 당이야?"라고 말하지만, 실제로 그 안에 박힌 뜻은 '네가 정치를 해야 돼?' '네가 정치를 왜 해?' 이런 질문이었던 것 같아요. 저는 제가 목소리를 내거나 영향력을 행사해서 단 한 명

에게라도 도움이 된다면 하는 게 맞다는 마음이
항상 있었어요. 제가 처음에 형사소송을 시작했
던 계기도 그랬거든요.

**초등학생 시절 테니스를 배우던 코치로부터
성폭력 피해를 입은 사건 말이죠?**

네. 2016년에 소송을 시작할 때도 모두가 뜯어말
렸어요. 100명 중에 99명이 그랬죠. "진다." "하
지 말아라." "결국 네가 상처받는다." 하지만 저는
저만의 확신이 있었고, 굳이 이기지 않더라도 이
걸 하지 않으면 오히려 후회할 것 같았어요.

**다들 말리는데 정치도 법적 소송도
마음먹은 이유는요?**

솔직히 보호를 받고 싶었던 부분도 있어요. 가해
자가 구속 상태에서 풀려나 보복을 할까 봐 이민
도 계획했었거든요. 내가 사람들에게 더 많이 알
려지고 유명해지면 그 사람이 나를 위해할 가능
성이 떨어지니 더 안전할 수도 있을 테고요.

**제가 이 이야기를 들으면서 느끼는 건, 지난 1년
10개월 사이에 성장의 과정을 아주 제대로 겪은 것**

같단 거예요. 정말 단단해지고, 확신에 찬
모습이에요.

아, 다행이에요.

피해자를 한 사람이라도 구제하고 싶다는 마음에
후배 선수나 피해자를 제도적 지원과 연결해 주거나
소송 절차를 밟게 해 주는 일을 혼자서 하고
있다고 들었어요. 그런데 개인으로서는 한계가
있잖아요. 하고 싶은 활동에 정치의 힘을
빌리면 분명히 더 수월할 텐데요. 지금은 정치에
대해서 어떤 관점을 가지고 있나요?

피해자들을 자력으로 돕다 보면 현실에서 벽을 너
무 많이 느껴요. 확실히 영향력이 필요해지죠. 다
만 요즘은 내가 직접 영향력을 가지는 것보다 선
한 영향력을 가진 분들을 많이 알아 놓는 게 좋겠
다는 생각이 들어요. 현실이 좀처럼 바뀌지 않는
걸 보면서 허탈해져서 이따금 '이래서 정치를 하
는 건가'라는 문장을 되뇌는 시간들이 있어요.

내가 나서지 않으면서
누군가에게 용기 내라고
할 수 없잖아요

한동안 소식을 거의 못 듣다가 2021년 8월에
김 코치의 기사를 마주치게 됐어요. 성폭력 가해자에
대한 민사소송 확정 판결이 났죠.

2018년 6월에 민사소송 고소장을 접수했던 걸로
기억해요. 그때는 형사소송에 대한 대법원 판결
(2018년 8월)이 나기 전이었고요. 민사 접수 때도
'어차피 이길 수 없는 싸움'이라고 주위에서 많이 말
렸어요. 이 어려운 싸움을 또 해야 되나 싶었어요.

그렇기에 많은 소송이 합의로 끝나죠.

합의라는 게 너무 자존심 상하는 거예요. '내가 피
해자인데 왜 합의를 해야 되지? 난 용서할 마음
이 없는데.' 합의라고 하면 형식적인 용서를 표면
에 깔고 가야 하는 거잖아요. 그런 것조차 표현하
기 싫었어요. 나를 성폭행한 사람을 어떻게 용서
할 수 있겠어요. 그런데 피해자들을 그렇게 합의
로 자꾸 내모는 이유에 대해 알아보니 민사 판결

이 없다는 게 컸어요.

하! 선례가 없어서였군요.

어떤 배상도 충분할 순 없겠지만, 성범죄 피해자들은 '이 정도의 손해배상을 받아야 마땅하다'고 하는 판례가 없어요. 왜 없느냐? 다 합의로 끝나기 때문이에요. 민사소송 또한 이기기 쉽지 않고, 그 과정에서 필요한 시간과 비용, 인내하고 감당해야 되는 것 등을 따졌을 때 합의를 하는 것이 피해자를 위한 것이 되는 게 현실이죠.

원치 않는 합의가 피해자를 위한 것이라니…….

그러면 '도대체 이건 왜 안 바뀌는 거지?'를 차근차근 들여다보면, 결국에는 소송을 아무도 안 해서 판례가 없기 때문이에요. 다들 주위에서 힘들다고 소송을 만류해서 판결문이 없으니까요. '이것도 또 내가 해야 되나. 이 힘든 싸움을 또 해야 되나' 엄청 고민했어요. 게다가 민사소송으로 대법원까지 갔을 때 제가 지불해야 하는 비용이 천만 원이 넘는 거예요. 손해배상을 받아도 부족한 판에.

그럼에도 고민 끝에 소송에 돌입한 거네요.

판례가 있으면 다른 피해자들이 같은 일을 겪을 때 소송 기간이 줄어들 거잖아요. 비용도 줄일 수 있고. 모든 걸 손해 보고 잃는 한이 있더라도 그냥 내가 하는 게 맞다는 각오를 하고서 시작하게 됐던 거죠.

'내가' 하는 수밖에 없다는 결론을 냈군요.

형사소송을 할 때 누가 이렇게 말했어요. "그걸 꼭 네가 해야 돼?" 그때 제가 한 생각은요. 예전에 다른 누군가가 했으면 나도 안 해도 됐을 일이란 거예요. 그런데 그러지 않아서 결국 제가 하게 됐죠. 그러면 내가 하지 않으면요? 또 다른 누군가가 하고 있겠죠. 내가 나서지도 않으면서 다른 누군가에게 용기 내라고 말할 수 있는 자격은 없잖아요.

포기하고 싶은 순간은 없었나요?

사건만 떠올리면 심장이 벌렁벌렁하고 손발에 힘이 다 빠져요. 일상생활을 잘 하다가도 사건과 관련한 연락을 받으면 몸에서 막 반응을 하는 거예

요. 일상으로 돌아가고 싶어서 소송을 포기할까
도 고민했는데, 형사소송부터 지금까지 저를 도
와준 분들이 있잖아요. 그분들도 어렵고 힘든 삶
을 살면서 나를 도와줬는데, 내가 지금 여기서 힘
들다고 그만두면 그 사람들의 노력이나 고생이
다 소용없이 끝나는 건가 싶더라고요. 내가 하는
결정은 나 혼자, 나만 고려해서 할 수 있는 결정이
아니었어요. 그래서 '죽이 되든 밥이 되든 결론은
보자. 그래야 다른 누군가가 나를 발판 삼아 앞으
로 나갈 수 있다'라고 결정을 내렸죠.

이기는 게 중요한 게 아니라
판사의 글을 받고 싶었어요

*2016년부터 2021년까지 형사·민사소송을
3심까지 이어간 거잖아요. 처음 고소를 마음먹은 건
언제였나요.*

성폭행 피해는 2001, 2002년 초등학생 시절이었
는데요. 중고등학교 때까지만 해도 형사가 뭔지,
민사가 뭔지 명확하게 몰랐어요. 성폭력, 성폭행,
성희롱, 성추행 같은 단어도 물론이고요. 그런데

2012년에 휴대폰으로 인터넷 뉴스를 보는데, 조
두순 사건으로 인해 미성년자를 대상으로 한 성
범죄의 경우는 피해자가 성인이 될 때까지 공소
시효를 중지한다는 거예요. 곧바로 1366(여성폭
력 신고 전화)에 전화를 했고, 그 뒤로 수소문하기
시작했죠.

잘 됐나요?

그때는 저도 성인이 된 지 얼마 되지 않았고, 증인
을 요청했던 친구들도 너무 어렸어요. 혼자 알아
보다가 '여기까지인가 보다' 하고 마음을 접었죠.

그런데 2016년에 형사소송을 마음먹은 계기는요?

제 꿈은 늘 테니스 지도자였기 때문에 종종 시합
을 구경하러 갔는데요. 시합장에서 가해자를 본
거예요. 마주쳤다는 사실만으로, 그 사람이 알아
보지 못하게 얼른 도망쳐야 한다는 생각을 했어
요. '숨어야 된다. 안 그러면 저 사람이 내게 와서
해코지를 할 거다.' 눈에 초점이 사라진 채로 짐
을 챙겨서 다른 사람들 도움으로 자리를 벗어났
어요. 어떻게 집에 왔는지도 기억이 잘 안 나요.

PTSD 증상이 발현된 거네요.

그 이후 며칠 동안 기억이 없어요. 정신을 차리고 보니 소름이 끼치더라고요. 범죄자가 아직도 아이들 옆에 있는 거잖아요. 그런 사람이 아이들을 가르친다는 건 너무 끔찍한 거예요. 내 제자, 내 후배, 내 자녀가 그 사람이랑 한 공간에 있다는 건 말이 안 되잖아요. 곧바로 문화체육관광부, 대한 체육회 이런 곳에 다 신고를 했고요. 다시 형사소송을 공부하기 시작했어요. 찾아보면 볼수록 제 일을 사건화하지 못할 이유가 없더라고요.

이후에 손해배상청구를 낸 민사소송의 과정은 어땠나요.

민사소송은 피고가 재판에 안 나오거나 대응을 하지 않으면 소송을 제기한 원고가 이기게 되는 '무변론 승소'라는 게 있어요. 그런데 제 가해자가 아무런 제스처가 없는 거예요.

그럼 그냥 이길 수 있는 것 아녜요?

우리는 이기든 지든 판결문이 있어야 했어요. 하지만 무변론 승소는 판결문에 그냥 '무변론 승소'

라고만 나온대요.

**판례를 만들어 내는 개념이 아니라 승소에만
의의가 있는 거군요.**

변호사도 판사도 아마 그런 광경은 처음이었을
거예요. "제발 선고하지 마세요"라며 선고 기일을
늦춰 달라고, 재판을 더 열어 달라고 호소했어요.
그 사람이 수감돼 있는 교도소로 서류를 보내서
재판에 나올 수 있도록 해달라고 했고요.

이기는 게 중요한 게 아니었겠네요.

우리 입장에서는 어떻게 해서든 시간을 더 끌어
서 선고 기일을 늦추고 싶은데, 판사는 '이기게 해
주겠다는데 왜 그러냐'는 식인 거죠. 그래서 우리
는 이기는 게 중요한 게 아니라, 당신들이 써 주는
그 글이 중요한 거라고 매달렸고요. 제가 1억 원
을 청구했는데, 그게 저한테 의미가 있는 게 아니
라고 했는데도 결국 무변론 승소를 했어요. 허무
했죠. 이겼는데 진 것 같았어요.

**가해자가 그렇게 액션이 없었으면
항소도 안 했겠네요.**

했어요!

**항소를 했어요? 황당하지만 어쨌든
고맙기는 하네요.(웃음)**

항소하기를 기다렸는데 마침 해 주셔서 감사했
다고 할까요. 항소심도 우리가 이겼고, 그쪽에서
상고까지 하더라고요. 선고까지 4년 좀 안 되게
걸렸어요. 그냥 아예 잊고 지내려 했죠. 어느 날
갑자기 선고 기일이 나왔고, 기대를 내려놓기 위
해 판결이 뒤집혔을 때를 엄청 상상해 보기도 했
어요.

대법원 판결이 나던 순간이 떠오르나요?

민사 같은 경우는 선고가 굉장히 빨리 끝나요. 사
건 번호와 맨 위에 한 줄만 읽고 끝나더라고요.
들으면서도 '내가 원고야? 피고야?' 하며 정신없
는 사이에 선고가 끝났어요. 결과도 제대로 모른
채, 재판 과정을 도와준 교수님과 밖에 나왔는데
교수님이 막 울면서 이겼대요. 수고했다면서요.
저는 "실감이 하나도 안 나요. 저 지금 울어야 되
는 거예요?"라고 물을 정도로 얼떨떨했고요.

얼마나 그 순간만을 기다렸나요.

법정에서 나오는 순간 입 밖으로 "이제 끝났구나"
라는 말이 터져 나왔어요. 눈물이 막 쏟아지더라
고요. 이기고 진 걸 떠나서 그냥 사건이 끝났다는
것에……. 아, 그 감정은 말로 표현할 수 없는 것
같아요.

그런데 확정 판결 이후 SNS에 기뻐하지만은 않는
글을 올렸어요.

저는 이겼지만, 제 사건을 보고 용기와 희망을 낸
사람들이 상처를 받지 않을까 걱정했어요.

어떤 의미에서요?

모든 케이스가 저와 같지 않고, 모든 피해자들이
저와 같지 않고, 모든 가해자가 제 사건의 가해자
같은 게 아니잖아요. 제가 조두순 사건 기사를
보고 당당히 1366에 전화를 했던 것처럼, 어떤
피해자는 제 기사를 보고 신고를 마음먹을 텐데.
혹시 제 사례가 희망 고문이 되는 건 아닐까 싶어
서요.

내 행복과 내 미래를 위한
선택을 하세요

이제 조금은 후련해졌으니, 어떤 삶을
살고 싶나요?

　　제 이름이 세상에 은혜를 베풀라는 뜻이래요. 제
사건을 감당하고 이런 것도 은혜를 베푼다고 볼
수 있다면, 전 제 이름대로 살고 있는 것 아닐까
요. 앞으로도 세상에 은혜를 많이 베풀고, 저도
은혜를 받음으로써 계속 순환이 되는 삶을 살고
싶어요.

삶으로 보여 준다는 건데, 결국 잘 사셔야
되겠어요.

　　네, 그러니까요.

마지막으로 성폭력 피해자 혹은 상처를
극복하고 세상에 목소리를 내려는 여성들을 향해
한마디 해 주세요.

　　지금 용기를 낼까 말까 망설이거나, 희망을 가지

고 싶은데 차마 두려워 앞으로 한 발자국 내딛지
못하는 분들이 많이 있을 거예요. '내 행복과 내
미래를 위해서'라고 한번 생각해 보세요. 용기와
희망을 내는 것이 결코 두렵지만은 않을 겁니다.
심지어 즐겁고 설레는 일이 될 수도 있어요. 다른
누구를 위해서가 아닌, 나 자신을 위한 선택을 하
셨으면 좋겠습니다.

지금의 김은희를 있게 한
'나를 도운 여자'는 누구인가요?

스포츠법학자 주종미 교수님이요. 그분이 제 택시 기사를 자처할 정도로 제 재판을 저보다 더 많이 다니셨어요. 서울에서 원주, 춘천까지요. 제가 너무 힘들어서 미국으로 5주 정도 도피했던 적이 있는데요. 제가 한국에 없는 사이에도 주 교수님은 꼬박꼬박 재판을 가셨고요. 사건화하기 전부터 모든 과정을 함께해 주셨어요. 그분이 안 계셨더라면 시작도 못 했을 거예요.

또, 형사소송 때는 증인들 때문에 포기를 못 했어요. 어떻게 보면 그들은 자신과 상관없는 사건에 휘말리는 거잖아요. 어렵게 증인을 해 줘서 여기까지 왔는데 내가 포기해 버리면 뭐가 되겠냐는 생각이 컸어요. 정말 꾸역꾸역 버텼죠.

사실 소송을 진행하면서 만난 사람들 대부분이 여자였어요. 형사·민사 소송 변호사님들도 여자였고, 형사사건 때 검사님도 여자였죠. 웃긴 게 재판도 처음엔 주심이 다 남자 판사였는데 판결을 할 땐 인사이동이 되어서 전부 여자 판사로 바뀌었어요. 여성 단체와 기관도 빼놓을 수 없고요. 과도한 관심과 응원을 보내 주신 분들도 다 여성이었네요.

인터뷰에서도 말했듯 내가 김은희를 처음 만난 건 2020년 1월이었다. 당시 정치부 기자였기에, 자유한국당의 새해 첫 영입 인재로 발탁된 그를 만나러 경기도 고양시의 한 실외 테니스 코트로 향했다. 언론 발표 이후였지만, 그가 복잡한 마음 때문인지 여러 매체의 인터뷰 요청을 모두 거절한 상황에서 얻은 귀한 인터뷰 기회였다.

아무렇게나 질끈 묶은 포니테일에, 스포츠 브랜드의 롱패딩 차림. 코트 위에서 그는 영락없는 체육인이었다. 게다가 멀리서 온 기자를 위해 동네 베이커리에서 산 빵을 준비해 두고, 직접 담은 레몬청에 따뜻한 물을 따라 주었다. 이런 그가 왜 정치를, 그것도 보수 정당에서 하려고 하는지 마음속 의문이 커졌다.

그와의 첫 인터뷰는 지금 생각해 보면 그리 성공적이지 않았다. 말 그대로 그가 이런 인터뷰에 조금도 능숙하지 않은 부류의 사람이었기 때문이다. 모름지기 정치인 인터뷰는 꼬리에 꼬리를 무는 질문을 통해 예리한 생각과 첨예한 디테일을 길어 내야 하는데, 김은희의 입에서는 추상적인 착한 단어만 계속 나왔다. '이대로 인터뷰를 제대로 완성할 수 있을까.' 걱정이 앞섰다.

그로부터 2년 가까이 지나서 만난 그는 "그때로 돌아가더라도 기자님과 첫 인터뷰를 하게 될 것 같다"라고 말했다.

그 인터뷰를 통해 많은 배움과 깨달음이 있었고, 동시에 '여기서 정치를 그만해야 되나' 싶은 생각도 정말 많이 들었어요. 제가 인터뷰나 정치에 적합하지 않은 사람이라는 걸 직면했고, 오히려 피해자들에게 마이너스가 되지 않을까 싶었거든요.

실제로 김은희는 2020년 인터뷰를 다 끝낸 후에 자신의 고민을 털어놓으며 부담감에 못 이겨 눈물을 흘렸다. 나는 '이 인터뷰를 쓰는 것이 이 친구에게 어떤 의미일까' 하는 고민에 빠졌다. '앞으로 정치를 하려면 이런 모습을 드러내면 안 된다'며 기자의 본분을 넘어선 솔직한 조언을 건네고 싶을 정도로 안쓰러운 마음이 들었다. 불과 2년 전의 김은희는 그렇게 인터뷰어마저 번뇌에 빠지게 하는 서툰 인터뷰이였다.

그랬던 그와 다시 이야기를 나누며 얼마나 놀랐는지 모른다. 인터뷰 내내 "인터뷰가 정말 많이 늘었어요!"라고 감탄했을 정도니. 어쩌면 김은희는 화술이 현란해진 것이 아니라, 어울리지 않는 틀에서 벗어나 자신이 하고 싶은 이야기를 할 때에 가장 자유롭고 능숙한 사람인지도 모르겠다. 그리고 고스란히 전해졌다. 뛰어난 언변이 없을지언정, 무엇보다 그는 다른 성폭력 피해자들을 위해 언제나 앞장설 사람이라고.

김은희는 강한 사람임에는 틀림없으나 완벽하진 않은 사람이다. 피해자를 대변할 때나 인권, 젠더 폭력 문제와 맞닥뜨리면 서툰 분노가 앞서기도 한다. 그는 세상이 쉽게 바뀌지 않는 것에 답답함을 토로하는 사람이다. 하지만 지난 2년 동안 그의 궤적을 반추하면 '성장'이라는 단어가 가장 먼저 떠오른다. 그가 성장하며 자연스레 넓혀 간 궤적으로 분명 더 많은 이들이 또 다른 선택지를 갖게 될 것이라 믿는다.

여자를 돕는 여자들

제게 사랑은
너무 명확해요,
라면이
맛있는 것처럼

서한나

대전 페미니스트 문화기획자
그룹 '보슈' 대표

글쓰기는 억압된
상태에서 해방으로
가는 길이에요.

나를 해방하고,
다른 사람들과 함께
해방되고 싶어요.

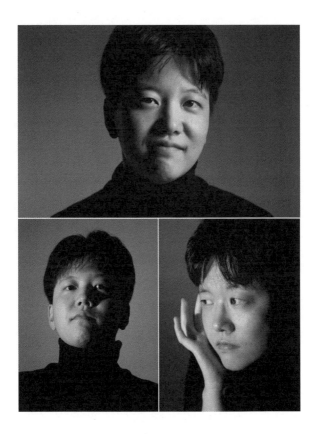

서한나를 한 단어로 규정하는 것은 도통 불가능한 일이다. 그는 지역에서 활동하는 페미니스트로, 스스로 레즈비언 정체성을 드러내는 작가로 호명되어 왔다. 그가 말하는 이야기들은 고유하다 못해 특별하다. 여성, 지역, 청년, 레즈비언이라는 갖가지 소수자 정체성이 층층이 쌓이다 못해 한데 뒤섞여 있기 때문이다. 쉽게 세상에 드러나지도, 드러내 보이지도 않는 그의 서사에 많은 이들이 매력을 느끼는 이유다.

애써 그를 묘사하자면 '부추기는 사람'이지 않을까. 이상하게 그의 글을 읽고서 행동에 나서게 된다는 사람이 많다. 서한나는 "내 글을 읽으면 글도 쓰고 싶고, 사랑도 하고 싶고, 뭔가를 골똘히 해 보고 싶어진다는 후기를 많이 듣는다"라고 덧붙인다. 그의 에세이집 《사랑의 은어》 추천사에서 임승유 시인은 "이 책 어디를 펼치든 살고 싶다는 마음을 챙기게" 된다고 썼다.

서한나의 글이 추동하는 힘을 갖게 된 것은 실제로 그가 다른 여자들을 일으켜 세우고자 쓰는 사람이기 때문이다. 그는 인터뷰 내내 "사회의 억압 속에서 우울이나 무기력에 빠진 여성들이 많은데, 그들 안에 불씨를 심고 싶다"라는 말을 반복했다. "제 글은 감각적이고 무언가를 일깨운다는 평가를 자주 들어요. 많은 여성이 자기 몸을 움직여 경험하고 그것을 자기 언어로 표현하는 길에 같이 가고 싶어요."

글쓰기는 자신에게 '직면'이자 '해방'이라는 서한나를 만났다.

오기가 생겨서 내가 태어난 이곳을 바꾸고 싶어요

대전에는 보슈BOSHU가 있다. 충청도 사투리로 "뭐 하슈" "밥 먹었슈" "이거 보슈" 할 때의 그 '보슈'다. 2014년에 대전 지역의 청년 잡지로 시작했다. '이 잡지 한번 보슈'라는 뜻으로 이름을 지었다고 한다. 지역 청년들의 활동과 공론의 장場이었던 보슈는 2016년 강남역 살인 사건 이후 성격을 달리 한다. 지금은 '대전 페미니스트 문화기획자 그룹'이라 스스로를 칭한다.

지역에 페미니즘 판을 깔겠다며 책도 내고, 여성 축구팀도 운영하고, '비혼 후 갬'이라는 비혼 여성을 위한 커뮤니티도 만들었다. 얼마 전에는 고강도·저임금 노동을 하게 되는 중년 여성의 생애 경로에 대한 인터뷰를 담은 '교차로 프로젝트'를 진행했다. 향후에는 여성들을 위한 사회주택을 운영하겠다고 한다. 많은 여성 서사가 가부장 질서와 폐쇄적 전통을 못 견딘 여성이 짐을 싸서 고향을 떠나는 것으로 끝나지만, 그럼에도 끝끝내 고향에 남아 새 판 짜기에 나선 이들이 존재한다.

보슈를 제가 처음 안 건 2018년도였어요.
보슈가 여성을 대상으로 주짓수 교실을 열었다가
온라인 테러를 당했죠.

　　맞아요. 구글 폼으로 신청자를 받는데 하루아침에 신청자가 다 찬 거예요. '우리가 열심히 했더니 이렇게 많이 와 주시는구나' 하는 기대로 부풀어 있었죠. 그런데 다음날 신청자들에게 연락을 드리니 이상한 답장이 오더라고요.. '(백래시가) 이제 시작이겠구나' 직감했어요.

정말 그게 백래시의 시작이었죠.
지역에서 페미니즘 활동을 하는 건 무척
힘들고 지난한 일일 듯해요.

　　서울은 그래도 성평등과 관련해 많은 것이 마련

되어 있지만, 대전은 지자체와 소통하는 것부터가 굉장히 어려워요. 함께 무언가를 도모할 동료 시민을 찾기도 어렵고요. 지방에서 청년이 유출되는 문제와도 맞닿아 있겠지만, 뭔가를 함께하고 참여해 줄 사람 자체가 부족하다는 문제가 있어요.

구체적으로 '지역이라서' 겪는 어려움이 있다면요?

예컨대 어떤 행사를 대전에서 한 번 하고 서울에서 한 번 한다면요. 대전에서는 30명 모으는 데 3, 4일이 걸리고, 서울에서는 반나절 만에 60명이 모여요. 같은 기획을 해도 모이는 사람이 다르고 주목받는 경험도 달라져요. 내가 하는 일이 어떤 피드백을 받고 있다는 감각을 느끼는 경험이 대전에서는 전무해요. 우리가 서울에서 활동했더라면 대전에서 하는 것의 반만 해도 이미 자리를 잡을 수 있었겠다는 생각을 하게 돼요.

'지방에 사는 젊은 여성' 이라는 정체성이 스스로를 제약할 때는 없나요.

중앙 집중의 문제, 여성이 겪는 차별, 청년 세대의 자원 없음 같은 것을 한 몸에 겪고 있죠. '그냥 서

울에서 글을 쓰면 다른 작가도 만나면서 안목이
나 취향을 더 단련할 수 있지 않을까' 하는 고민을
많이 해요. 동시에 '그러면 지방은 낙후돼야 하나'
라는 일종의 모순이 계속 제 안에 있어요.

그럼에도 대전에서 활동하는 이유는 뭔가요?

오기가 생겨서인 것 같아요. 내가 태어나고 익숙
한 곳에서 계속 살고 싶은 마음과 더불어, 내가
친구들이랑 같이 이 상황을 바꿔야겠다고 마음먹
었죠.

대전에 사는 여성들에게도 보슈가
소중한 존재이지 않을까요.

다른 지역에서 살다가 대전에 오신 분 중에 보슈
가 있어서 대전을 제2의 고향으로 여기게 됐다는
분들도 있어요. 저희는 요새 대전에 여성 전용 사
회주택을 만드는 일에 집중하고 있는데요. 여자
들끼리 모여 살 수 있는 마을을 만드는 거예요.
상대적으로 집값이 싸기 때문에 현실성이 있지
않을까 기대를 해요. 향후 2, 3년 안에 운영할 수
있을지 점쳐 보고 있습니다.

**확실히 페미니즘 자체가 수도권 중심으로 논의되고
있기는 하죠. 소외감을 느끼지는 않나요?**

서울에 있어 본 적이 없어서 이게 얼마나 소외당
하는 건지 잘 모르겠어요. 서울에선 가만히 있기
만 해도 첨단의 것들, 세련된 문화, 최신의 경향을
피부로 느낄 수 있잖아요. 지방 여성들은 그런 것
들을 많이 놓치고 있고, 자원을 불릴 기회도 더 적
죠. 요즘은 그런 생각을 해요. 여성들이 자원이나
자본을 더 빨리 얻기 위해서는 그것이 흐르는 곳
에 빨리 가야 한다고. 여유가 된다면 조금 더 넓
고 안전한 곳에 가서 자기 몸집을 키우는 것, 저는
충분히 응원하고 싶어요.

얼마든지 떠나시라?(웃음)

네, 가세요, 가세요.(웃음)

**지방 여성의 목소리가 중앙 담론으로 올라오기가
굉장히 어려운데, 이제 일간지 칼럼니스트나
단행본 저자 등의 역할로 기성 매체와 인터뷰를 하는
스피커가 됐어요.**

처음에 보슈가 대전에서 여성 축구팀을 운영하

고, 여성들이 서로 연대하고 결속할 수 있는 문화를 만들겠다고 선언했을 때, 지역에서는 그다지 주목을 못 받았어요. 행사를 한다고 했을 때도 오는 기자님이 한 명도 없었는데, 서울에 있는 매체에서는 저희에게 연락을 주는 거예요. 뭔가 단단히 잘못됐다 싶었죠.

원래 저는 나서서 뭔가를 자신 있게 하는 타입은 아니에요. 그런데 남자들은 콘텐츠가 없어도 잘 나서더라고요. 그러면서 자리가 사람을 만드는 광경을 종종 봤어요. 여자들은 '내가 부족한 거 아닐까' '내가 이 사람들을 대변해도 되나' 하는 과도한 검열에 시달리는 경향이 많잖아요. 그래서 그냥 내 얘기를 진솔하게 하자고 마음먹었어요. 그러면 나와 비슷한 상황에 있는 다른 여성들이 그 말에 영향을 받아 더 나은 사회로 다 같이 갈 수 있지 않을까요.

스피커가 된 여성들에게는 완전무결함을
검증하려는 세상의 경향이 있죠. 그런 점에서
마이크를 쥐는 일이 무섭지는 않나요?

전혀요. 오히려 마이크 앞에서 더 안전함을 느껴요. 더 많은 여자들의 목소리가 모여야 한다고도 생각하고요. 활동가로서 발언할 때보다 자연인으로서 길거리에 '여자'로 서 있을 때 더 무섭고 두려워요. 시비가 붙거나 말이 안 통하는 상황에 놓이거든요. 내가 페미니스트이고 어떤 일을 해 왔는지를 아는 사람들 앞에서 이야기할 때 모든 게 훨씬 자연스럽게 느껴져요. 내가 원하는 내 모습으로 있을 수 있고요.

**그래도 얼굴이 알려지는 건
또 다른 일이잖아요.**

몇 년이 지난 영상 인터뷰에 아직도 악성 댓글이 달려요. 영상 내용과 상관없는 모욕성 댓글도 있고, 폭행을 예고하는 댓글도 있어요. 조금만 검색하면 저와 동료들이 어디서 활동하는지 알 수 있고, 페미니스트를 상대로 한 폭력이 점점 많아지는 상황이다 보니 당연히 걱정돼요. 당연히 그 공격이 싫고 스트레스를 받지만, 악플은 신고해 위자료를 받을 수 있고, 경찰의 대처가 미온적이라면 그것을 두고 또 사회운동을 할 수도 있겠죠. 두렵지만 두렵지 않기도 합니다.

누군가에게는 글쓰기가
필연이라고 생각해요

서한나는 서른의 나이에 벌써 책 네 권을 낸 작가다. 트위터를 통해 '잡문 프로젝트'도 진행한다. 일정 금액을 지불하면 메일로 글을 보내 주는 구독 서비스다. 그런데 지금 이렇게 왕성하게 글을 쓰는 것이 상상되지 않을 정도로, 어린 시절의 그는 백일장 한번 나가보지 않은 학생이었다. 받아쓰기도 매일 빵점을 받았다고 한다. 그런 그를 쓰게 하는 건 무엇일까.

본질적인 질문인데요. 왜 글을 쓰나요?

글쓰기라는 게 여성주의와 맞닿는 지점이 있는 것 같아요. 제게 여성주의는 여성을 해방하고, 저 자신을 해방하고, 나아가 그 과정에서 다른 사람들과 같이 해방되는 건데요. 글쓰기는 억압된 상태에서 해방으로 가는 길이라고 보거든요.

글을 쓰는 것이 곧 해방인 거군요.

일상생활을 하다 보면 내가 느끼는 그대로 표현할 수 없을 때가 많잖아요. 사람들 사이에서 내가 진짜로 느낀 감정이 무엇인지조차 헷갈리기도 하고요. 여성으로 살면서 느꼈던 해석되지 않는 것들, 나와 일치하지 않는 세상 등을 글을 통해 혼자 소화할 수 있게 돼요. 누군가에게는 글쓰기가 필연이라고 생각해요. 제 글이 저한테 자연스럽고 당연하게 느껴질 때쯤에는 타인이 제 글을 읽는 것도 아무렇지 않았어요.

백일장도 안 나가던 소녀가 '글 쓰는 여자'라는 정체성을 갖게 된 과정이 궁금하네요.

2014년에 《보슈》 잡지를 만들면서부터였던 것 같아요. 지금 대학생들이 하는 대외활동 같은 거였어요. 거기서 처음으로 사회 이슈를 다루는 저널리즘 성격의 글을 쓰기 시작했고, 사람들이 내 글을 읽고 어떤 부분에서는 공감을, 또 어떤 부분에서는 비판을 하는 것이 되게 새롭게 다가왔어요. 그래서 그때부터 글쓰기를 시작했어요.

《보슈》는 원래 대전의 청년 잡지였는데, 어떻게 성격을 바꾸게 된 거예요?

2016년 강남역 살인 사건이 전환점이 됐어요. 그 전까지만 해도 저희 보슈 멤버들은 페미니즘에 거의 관심이 없었어요. 속을 뜯어보면 페미니즘적 사고방식을 갖고 있는 사람들이었겠지만, 공부를 해 본 적도 없었고요. 그런데 그 사건을 겪으면서 '지방'에 사는 '청년'이라는 두 가지 정체성만으로 나를 표현할 수 없다는 것을 깨달았어요. '여성'이라는 무척 중요한 정체성이 있어야 내 삶을 설명할 수 있겠다 싶었죠.

맞아요. 강남이라는 곳을 한번도 안 가 본 여성들, 페미니즘을 알지 못하고 여성학 수업을 들은 적 없는 여성들에게도 큰 충격을 준 사건이었죠.

'정말 여기까지 온 거야?' 싶었어요. 예전에도 여성을 타깃으로 한 연쇄살인이나 성폭행 사건이 많았기에 어린 시절부터 공포가 몸에 배어 있었죠. 하지만 누구나 갈 수 있는 공간에서 사건이 발생했고, 그걸 '묻지 마 살인 사건'으로 다루는 언론의 태도까지 더해져, '이 사회는 여성의 목숨에 대해 진지하게 고려하지 않는구나' 하고 분노했어요. 저는 서울에 자주 가지도 않는데 강남역 살인 사건을 내 일처럼 바라보게 된 이유는 피해자에 동일시했기 때문일 거예요.

그로부터 5년 정도 지났는데, 세상이 좀

나아진 것 같나요?

제 주변의 세상은 확실히 좋아지고 있는 것 같아
요. 일단 제가 많이 바뀌었고, 보슈 팀원들이나
다른 동료 시민 여성들의 시각도 많이 바뀌었고요.

주변 사람들이 바뀐 것은 좋지만, 정치나
사회 뉴스를 보다 보면 성인지 감수성이 낮은 분야는
계속 그 상태에 머무르는 것 같아요. 인식의
갭이 커지면서 괴로운 상황이 더 자주 생기는 것
같고요.

그래도 많은 여성이 정치화되고 있어서 희망적인
것 같아요. 물론 백래시도 그만큼 심해졌고, (활동
에 필요한) 정치적·경제적 자원이 턱없이 부족하
긴 하지만요. 예를 들어 여자들도 근육이 있어야
하고, 돈을 벌어야 하고, 내 집을 마련해야 한다는
식의 흐름이 생겨나고 있어요. 여자들이 우울, 무
기력, 자기 검열에 빠져 있던 것보다는 자기 자신
을 돌보는 미래 지향적 방식으로 변하는 것이 굉
장히 희망적으로 느껴져요.

제게 사랑은 너무 명확해요,
라면이 맛있는 것처럼

서한나는 레즈비언이다. 단 한번도 직접 커밍아웃을 한 적은 없지만, 세상은 대부분 그의 말과 글을 통해 성적 지향을 알고 있다. 정작 가장 가까운 어머니와 언니는 이를 알지 못한다. 언제고 가족이 알아차릴지 모르는 아슬아슬한 이중생활을 이어가면서도, 그는 기꺼이 세상에 자신의 사랑 이야기를 내어놓는다. 이는 자기 자신의 자유와 동시에 다른 많은 여성의 해방을 위해서다.

연애를 해본 적 있냐고 물으면 그렇다고 답하지만, 남자 친구 사귀어본 적 있냐는 질문에는 없다고 한다. (…) 나를 제때 변호하지 못했다는 생각과 말없이 웃던 시간이 모여 글을 쓰게 되었다.

평소에 썼던 문장을 모아 펴낸《사랑의 은어》◆ 프롤로그에 서한나는 이렇게 썼다. 페이지를 넘기다 보면 당장이라도 거리에 나가 쩌렁쩌렁 사랑을 소리치고 싶지만 숨죽이며 한 자 한 자 써 내려가는 애달픈 마음이 절절하게 다가왔다.

◆　글항아리, 2021, 12쪽.

이성애를 기반으로 한 대화 방식에 익숙한 나는 인터뷰 전, 인터뷰 도중, 그리고 인터뷰를 글로 작성하면서 총 세 차례 그에게 성적 지향에 대한 질문이 불편하지 않은지 물었다. "제가 제일 좋아하는 얘긴데요." 그의 경쾌한 대답이 돌아왔다. 이에 그의 사랑과 연애에 대해서도 자유롭게 대화를 나누고 기록했다.

레즈비언 정체성을 드러내는 데에는 세상에 가시화하려는 뜻이 있는 거죠?

결과적으로 그렇게 되는 것 같아요. 제가 경험한 레즈비언 연애와 문화를 이야기하다 보면, 생각보다 많은 사람이 공감하지만 또 이해하기 어려워하기도 하는데요. 그럴수록 이 작업이 더 필요하다고 느껴요.

레즈비언은 사회적으로 가시화가 덜 되어 있어요. 여성이면서 성소수자이기도 하고요. 최근에는 레즈비언에 대한 성범죄, 혐오범죄가 일어나기도 했죠. 이성애가 당연한 사회에서는 남자가 여자에게 대시하고, 여자는 남자의 선택을 기다리는 구도를 자연스럽다고 보잖아요. 그런데 레즈비언은 남자의 선택을 기다리지도, 원하지도 않아요. 다른 여자와 사랑을 하고, 남자와 자원을 공유하지 않고, 남자를 플레이어로 앞세워서 서포트하는 구도에 참여하지도 않아요. 가부장적 관점에서는 '남자가 필요없다고?' 하며 분노하게 되는 거죠. 이 분노가 잘못되었다는 것, 세상에는 레즈비언이 있다는 것, 거기에 누구의 동의도 필요하지 않다는 것을 문학을 통해 말할 수 있다고 생각해요.

사랑이라는 감정과 성적 지향을 어떻게 알게 됐는지 궁금해져요.

사회로부터 얻는 수치심이랄까, 자신의 결핍에 대한 민망함 같은 것, 그리고 '내가 정상으로 일컬어지는 취향을 가진 사람이 아니구나' 같은 마음을 알게 된 건 유치원 때부터였어요. 선생님에게 쌍둥이 딸이 있었는데요. 둘이 똑같이 생겼는데도 유독 한 명이랑만 친해지고 싶은 거예요. 친언니에게도 "나 그 친구랑 너무 친해지고 싶다"라고 얘기했어요. 어린 마음에도 이 마음이 다른 친구에게 느끼는 마음과 다르다는 걸 알았고, 언니에게 얘기하는 순간에도 뭔가 창피하고 두려웠던 기억이 있어요.

어린 마음에도 느꼈군요.

학창 시절 의무교육을 받으며 '여자는 남자를 만나 가정을 이뤄 살고, 연애를 하면 설레고 행복한 것이다' 같은 것들을 접하면서 '내가 느끼는 감정은 숨겨야 되는 것이구나'란 생각을 많이 했어요. 그런 식으로 숨기고 살았던 중고등학생 시절을 보낸 뒤, 지금 이렇게 책을 쓴다는 게 180도 다른 삶으로 다가와요.

혼자 갈등하는 시간도 있었겠어요.

네, 맞아요. 그런데 저 자신이 느끼기에는 감정이 너무 명확한 거예요. 라면을 먹으면 맛있는 것처럼, 어떤 친구가 다른 친구와 달리 유별나게 좋고, 그 친구랑 있으면 뭔가 더 잘하고 싶고, 잘 보이고 싶고, 얘도 나를 보면서 그랬으면 좋겠고……. 이게 사랑이라는 생각이 분명하게 들었어요.

모든 사랑이 그렇듯 애도 끓겠죠.

네. 상대가 나를 친구로만 보는데 어떻게 다른 관계로 발전시킬 수 있을까. 고민을 굉장히 많이 했어요. 고등학생 때 대전에서 굉장히 큰 단과 학원에 다녔는데요. 다른 학교 교복을 입은 애가 눈에 띄었어요. 출석을 부를 때 이름을 기억해 놨다가 어떤 아이일지 상상하며 지냈죠.

　어느 날 모르는 번호로 문자가 왔어요. 깜짝 놀랐는데, 그 순간 100퍼센트 '그 아이'라는 예감이 들었어요. 근데 너무 말이 안 되잖아요. 우리는 인사한 적도 없는데요. 그렇게 문자를 이어 나가다 그 친구와의 연애가 시작됐죠. 삼신할머니가 도와준 건진 모르겠는데, 그런 만남을 요새는 자만추(자연스러운 만남 추구)라고 하더라고요?

와, 설렌다. 첫사랑인 거네요. 동시에 궁금증도 들어요. 마음에 드는 사람이 있어도, 그 사람의 지향점을 모르는 상황에서 친구로 접근해서 관계를 전환시키는 것에 대해서요.

　일생일대의 고민이었어요. 아웃팅을 당해 사회에서 축출되면 어떡하지 하는 두려움도 컸고요. 이성 간의 관계에서는 거절당하면 끝이지만, 동성 관계에서는 제가 혐오의 대상이 될 수도 있잖아요. 내가 좋아하는 사람이 나를 혐오할 수도 있다는 그런 두려움이 굉장히 컸어요.

혹은 덜 상처받기 위해 상대의 성적 지향을 미리 좀 알아본다거나 하겠죠?

예전엔 육감을 사용해서 알아봤어요. 눈빛이 좀 다르다든지, 다른 사람에게 질문을 할 때 '여자 친구' '남자 친구'가 아닌 '애인'이라는 단어를 쓴다든지. 이런 노하우를 다른 선배들이 공유해 줘서 참고했어요. 요즘은 페미니즘이 대중화하면서 레즈비언에 대해서도 알게 된 분들이 많아서, 편안하게 생활하고 있어요.

세상이 조금씩 나아지고 있는 거네요.
특히 커밍아웃을 한 분들 중 가시화에 앞장서는
분들이 많아요.

정말 힘을 얻어요. 수치심을 갖고 살았던 역사가 길어서인지, 결혼이라는 건 제 인생에 없는 거였거든요. 세상 앞에 나선 다른 분들을 보면서, 내가 같이 살고 싶은 사람이 있다면 결혼할 수 있고 축의금을 받을 수도 있다는 관점을 갖게 됐어요. 다음에 그분들을 만나게 되면 어떻게 결혼 생활을 하고 계신지 꼭 듣고 싶고, 집들이도 가고 싶습니다.

불길이 커지는 걸 보며
저도 힘을 내고 있어요

스스로를 '여자를 돕는 여자'라고 생각하나요?

제가 물질적으로 누구를 돕거나 끌어 주거나 한
적은 없는 것 같아요. 제가 여자로서 살면서 느낀
것을 그냥 솔직하게 얘기했고, 앞으로 보고 싶은
미래를 그대로 글로 쓰고 말을 했어요. 그런데 그
런 글과 말을 보고 다른 여자들이 자기 안에 있던
불씨를 느낀 것 같아요. 그 불길이 조금씩 커지는
걸 보면서 저도 같이 힘을 내고 있습니다. 지금까
지 해 온 일이 여자를 도운 작업이라거나 그런 의
도가 있었다고 말할 수 있을지는 모르겠지만, 확
실한 건 앞으로 여자를 살리고 스스로를 사랑하
는 방식으로 살아갈 거라는 거예요.

앞으로 어떤 여자들을 돕고 싶나요?

직면하고 싶은데 두려워하는 이들이요. 자기 삶
에서 일어나는 문제가 자기 때문이 아닌 경우가
많잖아요. 사회가 정한 기준이 불합리하기 때문
인데, 그 문제를 자기 안에서 찾는 여자들이 많아

요. 저는 그런 여자들이 자신감을 가지고, 자기 안의 잠재력과 활력, 생명력을 발견할 수 있도록 돕고 싶어요.

지금의 서한나를 있게 한
'나를 도운 여자' 는 누구인가요?

아이돌 그룹 원더걸스요. 장난처럼 들릴 수 있지
만, 제가 중학생 때 원더걸스를 굉장히 좋아했어
요. 성적 지향에 대해 혼란스러웠던 시기에 내가
확실히 여자를 좋아한다는 걸 알게 된 계기였어
요. 팬들이 모여 소통하는 하위문화에서 자유롭
게 성적 지향에 대해 이야기할 수 있었거든요.

보슈를 안 지는 여러 해 되었지만, 서한나를 알게 된 건 그를 인터뷰하기 바로 전 해의 일이다. 그가 일간지에 기고하는 몇몇 글이 눈에 띄었다.

대전에 사는 젊은 여성의 정체성을 면면에 드러내며, 열등감이나 부러움뿐만 아니라 자기 긍정과 강렬한 각오 같은 여러 감정이 복잡하게 섞인 그의 글을 보면서 '참 솔직하다'고 생각했다. 그래서 만나기 전부터 어떤 사람일지 두근두근한 마음으로 그를 맞이했다. 세 시간가량의 대화를 마치고 나니 그는 솔직한 사람이기보다 '기꺼이 숨기지 않는 사람'일지도 모르겠다는 생각이 들었다.

조명되지 않았거나 덜 조명된 이야기를 비추는 것은 참 보람찬 일이다. 그와 인터뷰를 진행하면서 지역 여성과 레즈비언으로서의 삶에 주목한 이유다.

서한나가 《사랑의 은어》를 내고 작가로 이력을 쌓아 가는 것을 지켜봤다. 책을 읽은 뒤 그의 내밀한 삶의 이야기를 들어 보고 싶었다. 앞으로 그는 어떤 글을 쓰게 될까. 어떤 주제, 어떤 형식일지는 몰라도 이것 하나만은 확실할 것 같다. 그가 많은 여성을 위해 쓴다는 사실, 그리고 그의 책 마지막 페이지를 덮자마자 많은 이들이 가만히 있지 못하고 엉덩이를 들썩이고 말 것이라는 것.

자신을
갉아먹으면서
싸울 필요는
없어요

류호정
국회의원

뭐가 됐든
여러분 잘못은
아닙니다.

자기 검열하지
마시기
바랍니다.

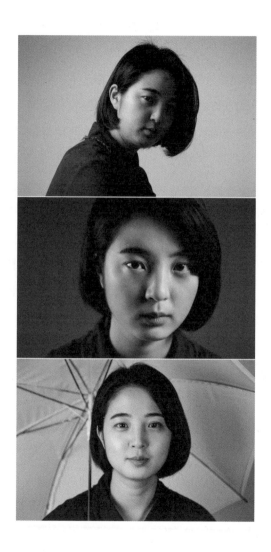

"의원님 혼자 가실 겁니다."

만남을 앞두고 류호정 정의당 의원의 보좌관으로부터 메시지를 받았다. 아무리 탈권위적인 정치인이라 해도 정말 국회의원이 혼자 올까. 게다가 인터뷰를 위해 섭외해 둔 장소는 국회가 있는 여의도가 아닌, 한강 건너 이태원이었다. 대개 국회의원들이 국회에서 도보로 10분도 안 걸리는 식당을 찾을 때도 수행비서를 대동해 번쩍번쩍한 세단을 타고 이동하는 것을 감안하면, 그를 만나기 전부터 색다르고 산뜻한 느낌을 받았다.

'똑똑똑' 노크 소리. 문을 사이에 두고 느껴지는 인기척. 반갑게 문을 여니 청색 점프수트를 입고 노란색 클러치를 손에 든 류호정이 정말로 혼자 서 있었다. 국회가 가장 바쁜 시즌인 국정감사가 끝난 직후라 의원실 직원 대부분은 휴가를 갔고, 일부는 조만간 있을 인사청문회를 준비하느라 혼자 왔다고 한다. 이날 그는 인터뷰 장소까지 택시를 타고 왔고, 아침에는 자택이 있는 경기도 분당에서 국회까지 지하철을 타고 출근했다.

"직원들은 사무실에서 일을 하는 게 낫죠." 그가 어깨를 으쓱했다.

현재 한국 사회에서 가장 논쟁적이고, 비난을 한 몸에 받으며, 그럼에도 불구하고 세간의 공격을 꿋꿋하게 자신의 에너지로 변환해 내는 정치인이 있다면 류호정이 아닐까. '평균 연령 55세, 80퍼센트 이상 남성, 세 명 중 한 명이 SKY 출신'

이라는 특성으로 기득권화된 국회 안에서 그는 끊임없이 균열을 만들어 내고 있다. 빨간 원피스를 입고 등원하며, '어이' '야'라는 연소자에 대한 무례한 호명을 되받아치며, 가지지 못한 이들을 대신해 어떤 코스튬플레이도 감당하면서 말이다.

류호정은 스스로 '퍼포먼스 정치인'임을 부정하지 않는다. 작은 정당의 한계를 뚫기 위한 전략이기도 하지만, 국회의 시선이 닿지 않는 이들의 삶을 그대로 보여 주는 것이 자신의 일이라는 소명 때문이다. 그가 왼쪽 손목에 착용한 짝짝이 색깔 스마트워치가 눈에 띄었다. 한쪽은 '성소수자 친화'를 의미하는 무지개색 스트랩, 다른 쪽은 정의당의 상징인 노란색 스트랩을 맞춰 엮었다. 노동자, 청년, 여성, 성소수자 등 공론장에서 쉽게 배제되는 이들을 위해, 자신이 직접 상징이 되어 그들을 드러내겠다는 마음으로 읽혔다.

국회 의석 대부분을 차지한 더불어민주당과 국민의힘은 2021년 국정감사 내내 국회를 '대장동 국감'의 무대로 만들었다. 참다못한 류호정은 태블릿에 "일합시다"라는 문구를 적어 내걸었다. 기성 여론이 손쉽게 '쇼하는 정치인'이라 규정한 류호정은 이렇게 되묻는다. "저런 게 바로 쇼 아닌가요. 민생에 아무 도움도 안 되는 쇼."

거대 양당의 보여 주기식 정치는 날카롭게 비판하면서도, 대변되지 못하는 이들을 위해서는 기꺼이 '쇼'를 감당하겠다는 류호정을 만났다.

언젠가 악플을 모아
전시회를 열고 싶어요

2021년 여름, 도쿄올림픽에 출전한 안산 선수가
헤어스타일로 인해 사상 검증 공격을 받을 때
자신의 쇼트커트 시절 사진을 올려 응원했었죠.
지금은 머리가 조금 길었어요. 다시 시원하게
밀 계획 없나요?

　　　쇼트커트가 확실히 편하긴 하죠. 안 그래도 요즘
　　　너무 갑갑해서 확 밀어 버릴까 싶을 때가 있어요.
　　　그런데 지역구에서 어르신들이 성별을 물어보는
　　　등 불필요한 커뮤니케이션이 발생하더라고요. 그
　　　래서 좀 길러 봤어요.

'여자를 돕는 여자들'이라는 콘셉트의 인터뷰에
초대받으신 소감은요.

영광이었어요. '내가 다른 분들보다 좀 재밌어서
그런가?' 싶기도 했고요.(웃음)

국회의원이 된 이후로 류호정의 이름 앞에는 늘
'청년 여성 정치인'이라는 수사가 붙어요.

중년 남성 정치인을 인터뷰할 때 "중년 남성 정치
인으로서 무엇을 하실 겁니까"라고 묻지 않잖아
요. 그들은 그냥 정치인이고, 국회의원이고, 개별
적인 권한을 갖고 본인의 소신으로 정치를 해 나
가는데, 꼭 저는 "청년 정치인으로서, 여성 정치
인으로서 뭐 할 거냐"라는 질문을 받아요.

그렇다면 '여성 정치인' '청년 정치인' 말고 '정치인
류호정'으로서 뭘 하고 싶은가요?

중년 남성 의원들이 부동산 이야기하고, 경제·외
교 등 각종 분야에 대해 말하듯 저도 그냥 정치인
으로서 활동을 해야 하지 않을까요. 여성·청년 의
제만 하라고 저를 (유권자가) 국회에 보냈을 거라
고는 생각하지 않아요. 제가 좀 덜 낯선 존재가

되면 어떤 수식어가 안 붙지 않겠어요? 그냥 정
치인 류호정.

의정 활동을 하면서 가장 우선순위로
두는 것은 뭔가요?

정의당은 노동자, 일하는 시민을 위한 정당이에
요. 최근에는 일을 하지만 근로기준법상 노동자
라고 불리지 않는 분들이 너무 많이 생겼어요. 프
리랜서나 5인 미만 사업장에서 일하시는 분 등을
위해 활동하고 싶어요. 예를 들어 기후 위기 때문
에 재생에너지를 늘리면 막연히 깨끗한 세상에서
살게 돼 좋겠다는 생각을 하잖아요. 그런데 화력
발전소를 폐쇄하면 비정규직 하청 노동자들은 어
떻게 될 것이냐는 문제가 남아요. 그들의 고용 안
정에 대해 누군가는 목소리를 내야 하죠. 저는 그
런 일을 하고 있습니다.

류호정이 《중앙일보》에 양경수 민주노총 위원장을 저격하듯
기고한 글이 논란이 된 적이 있다. 노동자를 대표하는 정당에
서 배출한 국회의원이 어떻게 보수 매체에 의견을 더하느냐
는 비판이 진보 진영에서 폭발했다. 특히 민주노총과 긴밀한
관계를 맺어 온 정의당의 '여성, 청년, 노동자' 비례대표가 노

조를 비판했다는 점에서, 오랫동안 노동운동을 해 왔던 동지들은 일종의 배신감을 느꼈다.

'노동'과 '지역'을 중심 의제로 하는 진보 정당에서 이 같은 논쟁은 현재도 지속되고 있다. '페미니즘' '기후 위기' '동물권' 등 새롭게 떠오른 의제를 중시하는 진보주의자들을 '정체성 정치'로 폄하하는 주장이 대표적이다. 2021년에 김종철 전 정의당 대표가 같은 당 장혜영 의원을 성추행해 제명되었는데, 가해자에 대한 처분 과정을 여전히 납득하지 못하거나, 이를 분열의 씨앗 혹은 당세가 기울게 된 원인으로 보는 이들도 적지 않았다.

이듬해 대선과 지방선거에서 최악의 성적표를 받은 이후 정의당 내에서는 당의 혁신을 위해 비례대표 의원들이 총사퇴해야 한다는 목소리가 나왔고 당원 총투표까지 실시했다. 반대 59퍼센트로 부결되었으나, 이는 '젊은 여성 정치인'이 서 있는 빈약한 기반을 고스란히 보여 주는 예였다. 위기상황을 이유로 류호정, 장혜영은 그들이 어떤 정치를 해 왔는지에 대한 충분한 숙고 없이 너무나 쉽게 '제물'이 되어 연단 위에 올랐다. '진보 정치의 실패는 페미니즘 정치의 실패'라는 딱지가 붙은 채.

'지금 정의당의 위기는 류호정, 장혜영 두 의원
때문'이라는 비판 여론이 만만치 않아요.

당내의 좋지 않은 일들에 대해서 "청년이 문제다"라는 식으로 귀결하는 분이 있기는 해요. 하지만 정의당 전국위원회에서 청년 할당 방침을 의결했고, 저나 장 의원은 그 안에서 경쟁해서 선출된 우리 당 의원이거든요. 성장 중이기에, 지켜봐 주시면 좋겠습니다. 그리고 지지해 주시는 선배 당원이 더 많다고 생각해요.

*《중앙일보》에 기고한 글도 화제가 됐죠. 어떻게
보수 일간지에 기고를 하느냐고요.*

심상정 전 대표가 대통령이 된다면, 취재 매체를 지정하지 않을 거잖아요. 정의당은 조합이나 시민단체가 아니기에 구분해 주셨으면 좋겠어요. 그렇게 큰 지면에서 이야기할 수 있는 기회가 흔치 않아요. 좀 더 잘 쓰면 좋겠다는 성찰은 하고 있어요.

*임기 1년을 맞이해 SNS에 그동안 받은 악플을
전시한 것이 인상적이었어요.*

언젠가 악플을 모아 전시회를 열고, 가능하다면 평론가를 섭외해 코멘트를 한번 받아보고 싶어요. 그런 행위를 하는 사람들이 부끄러움을 느끼게요.

**공격이 몰릴 때 위축되거나 괴로운 마음이
들지는 않나요?**

악플을 읽다 보면 속이 꽉 막히죠. 근데 결론적으
로 더 열심히 하는 수밖에 없다고 다짐하고, 털고
일어나요. 멈춰 서 있는 게 답은 아닐 테니까.

어떻게 극복하나요?

가끔씩 심상정 전 대표 페이스북이나 유튜브를
봅니다.(웃음) 저는 고작 2년 동안 악플을 받았을
뿐인데, 20여 년간 악플을 받았을 심 전 대표의
SNS를 보면서 '그래 나는 아직 쪼렙(게임을 갓 시
작한 낮은 레벨의 캐릭터)이야'라고 스스로를 다독
이죠.

과한 악플을 다는 이들에게 한마디 한다면요.

제가 더 열심히 하겠습니다. 하지만 달고 계신 악
플은 많은 사람이 함께 보고 있습니다. 자중을 부
탁드립니다.

'쇼한다'는 말을 들어도
좋아요

젠더 이슈에 적극적으로 목소리를 내는 정치인이지만, 그가 처음부터 페미니즘을 깊이 이해했던 것은 아니다. 2016년 넥슨에서 페미니즘 사상 검증으로 계약 해지된 김자연 성우 사건 등 게임 업계에서 크고 작은 사건을 겪으며 한국 사회의 성차별에 눈뜨기 시작했다.

게임 업계에서 일하다가 노조를 만들던 도중
권고사직을 당했죠.

학교 다닐 때는 여성운동 하는 분들을 보면서 '세상은 점점 나아지고 있고, 열심히 살면 되는데, 왜 저렇게 피곤하게 살까' 생각하기도 했거든요. 막상 취업을 해서 겪어 보니 '침묵하면 아무것도 안 바뀌는 구나' 싶었어요.

예를 들면요.

회사에서 신입사원들을 모아 놓고선 반장은 남자로, 부반장은 여자로 정하래요. 그런 걸로 화내기도 유치하지만, 기분이 나쁘더라고요. 결국 그때 서울대 나온 남자가 반장을 했거든요. '이게 진짜 사회구나' 싶었죠.

다니던 회사에서 성희롱 피해를 입었어요.

저는 그때 침묵했어요. 그런데 저보다 늦게 입사한 친구가 갑질과 성희롱을 겪고는 침묵하지 않기로 마음먹은 거예요. 어느 날 제게 증인이 되어 달라고 하더라고요. 그때 미안한 마음이 컸어요. 제가 1년 전에 문제 제기를 했다면, 뒤에 입사한 사람은 겪지 않아도 될 일이잖아요. '내가 침묵해서 그런가' 싶었어요. 그때부터 좀 더 목소리를 낸 것 같아요.

그런데 왜 정치여야 했나요?

노조에 몸담았을 땐, 노조가 생기면 많이 바뀔 것이라고 낙관했죠. 실제로 바뀐 것도 많지만, 노조가 없는 사업장이 훨씬 더 많고, 작은 곳은 노조를 만들 엄두도 못 내잖아요. 몇 년 전 탄력근로제와 관련해 국회 앞에서 집회를 했던 날이었어요. 사람들과 모여 구호를 외치고 있는데, '과연 우리 목소리가 국회 안으로 들어가고 있나?' 하는 의문이

들었고, 저 안에서 목소리를 내고 싶어졌어요.

**국회로 들어오니 어떤가요. 늘 '퍼포먼스
정치인'이라는 비판이 따라붙습니다.**

거대 양당은 가만히 있어도 카메라가 가요. 무엇
을 하고 있는지 국민들께 자연스럽게 알릴 수 있
어요. 정의당은 그렇지 않아요. 제가 타투업법을
위한 퍼포먼스를 했을 때 굉장히 화제였잖아요.
그런데 사실 기자회견 장소에는 기자가 한 분도
안 오셨어요. 그 모든 건 저 자신을 유명하게 하
고자 했던 게 아니라, 정의당에 찾아온 분들의 목
소리를 어떻게 하면 효율적으로 알릴 수 있을지
고민한 결과로 행한 퍼포먼스였거든요. 저는 그
래서 '쇼한다'는 말을 들어도 좋습니다.

**홍준표 대구시장(당시 국민의힘 의원)이 눈썹 문신을
했다며 공동발의자로 참여해 화제가 됐어요.**

발의를 하려면 열 명이 필요해요. 몸에 타투 하나
쯤 있는 분이라면 편견이 좀 덜하지 않을까 싶었
어요. 그중 제일 유명한 분이 홍준표 의원님! 처음
으로 전화로 인사드렸는데 '으하하하' 웃으며 해
주셨어요.

이후 진척은요?

보건복지부 소관인데, 부처 공무원과 회의도 했
고 다 긍정적이에요. 상임위에서 토론을 해서 통
과시키기만 하면 되는 상태인데 보건복지위에 정
의당 의원이 없어요. 틈틈이 보건복지위원들께
연락을 드리고 있죠.

소속 의원이 여섯 명뿐이라 한계를 느끼겠어요.

일하다 보면 의원 수가 적은 게 너무 아쉬워요.
상임위가 18개인데 의원이 고작 여섯 명뿐이니,
저희가 복수전공에 부전공까지 해서 3개씩 담당
해야 해요. 쟁점이 되는 사안인 경우는 법안 발
의를 위해 열 명 모으는 것도 너무 힘들거든요.
2020년 중대재해기업처벌법이 법사위에 있을 때
나, 타투업법이 복지위에 있을 때, 해당 상임위에
우리 당 의원이 없어 발만 동동 구르는 게 안타까
웠어요.

**2021년 국감에서는 태블릿에 "일합시다"를
적어 내걸었죠.**

대선을 앞두고 모든 이슈가 대장동 국감 쪽으로

빨려 들어갔어요. 제 상임위는 대장동 이슈와 별로 관련이 없어요. 그런데도 첫날부터 양당 의원님들이 관련 피케팅을 하면서 40분가량 일정을 지연시키더라고요. 저는 그런 게 쇼라고 봐요. 민생에 도움이 안 되는 쇼!

자신을 갉아먹으면서
싸울 필요는 없어요

거침없는 표현과 허스키한 목소리, 그리고 거대 양당을 향해 목소리를 낼 수밖에 없는 위치 탓에 류호정은 늘 분노하고 투쟁하는 모습으로 미디어에서 그려진다. 시끄럽게 소리 내며 기득권에 저항하는 여성을 향한 흔한 프레이밍이다.

언론에 그려지는 본인 모습은 어때요?

실제로 저는 장난기가 많은 편이고, 주변에서 '아가저씨(아가씨+아저씨)'라고 부를 정도로 털털해요. 평소 모습을 많이 보여 드리고 싶은데 쉽지 않네요.

**남은 임기 내에 '내가 이것만큼은 진심을 다했지'라고
기억되고 싶은 의제가 있나요?**

형법 32장 개정, '비동의강간죄' 통과를 꼭 이루
고 싶어요. 각종 성폭력 사건에 공분할 때마다 특
별법 같은 것만 고치거든요. 지금 강간죄의 구성
요건은 폭행 또는 협박으로 간음했을 때예요. 그
런데 위계·위력에 의할 때라든가, 폭행이나 협박
이 없는 경우도 있다는 걸 우리 모두 알잖아요.
(강간죄) 구성 요건 자체가 바뀌지 않으면 사회가
바뀌기 힘들어요. 이번 임기 내에 꼭 통과시키고
싶어요.

**동시대 다른 여성들에게 하고 싶은 말이
있다면요.**

저의 지지 않는 모습, 투쟁하는 모습을 보며 '나
는 왜 저렇게 못하지' 하고 자책하는 분들이 있는
데요. 저는 지금 고용을 걱정해야 했던 몇 년 전
의 월급쟁이 게임 회사 직원이 아니잖아요. '내가
주저하면 다른 분들이 더 주저하지 않을까? 연대
하는 분들께 당신의 생각이 틀리지 않았다고 말
하고 싶은데. 그러니까 나는 더 행동해야 해'라고
다짐해요. 현장에서 '먹고사니즘'을 해결하면서

살아가야 하는 분들까지 그렇게 자기 자신을 갉
아먹으면서, 회사에서 잘려가면서 분투할 필요는
없어요.

**마지막으로 독자들께 남기고 싶은 한마디
부탁드릴게요.**

뭐가 됐든 여러분 잘못은 아닙니다. 자기 검열하
지 마시기 바랍니다.

지금의 류호정을 있게 한 '나를 도운 여자'는
누구인가요?

제게 성희롱 증인을 요청했던 전 직장 후배요. 지
금은 연락이 잘 되진 않아요. 결국 피해자인 후배
가 퇴사를 했거든요. 그 친구 덕분에 제가 행동하
게 된 것 같아요. 가끔 그 후배가 보고 있다고 상
상하면서 의정 활동을 할 때도 있어요. 또 그 후
배 같은 사람들이 20, 30대 여성의 평균이라고도
보고요. 그 후배가 받아들일 수 있는 내용이라면
다른 여성들도 공감해 줄 거라 믿으며 일합니다.

문득 궁금해졌다. 류호정은 정말 쇼만 하는 정치인일까. 인터뷰가 있었던 2021년 10월 25일부터 11월 17일까지 류호정의 공식 일정을 모조리 집계해 봤다. 그는 약 3주 동안 의원총회, 본회의, 상임위, 토론회 등 국회 관련 일정 24건, 쿠팡 물류센터 산재 유가족 등 면담 6건, 언론 인터뷰 5건을 했다. 정의당 선거대책위원회 등 당 활동에도 참여했다.

류호정이 3주 동안 방문한 외부 장소들 중 일부를 짚어 봤다. 10월 30일, SPC의 파리바게뜨 노조 탄압을 규탄하는 핼러윈 집회 참가. 11월 1일, 낙태죄 폐지 관련 전시인 '몸이 선언이 될 때'의 토크 세션에 패널로 참석. 11월 4일, 발전소 비정규 노동자들의 노동 실태를 알리기 위해 한국남부발전이 있는 부산에서 규탄 결의대회를 함께하고 천막 농성장 방문. 11월 8일, '차별금지법 연내 제정 쟁취 농성단'이 국회 정문 앞에 차린 농성장 방문. 11월 11일, 성소수자 부모의 이야기를 담은 다큐멘터리 〈너에게 가는 길〉 시사회 참석.

같은 기간 동안 쇼는 단 한 차례뿐이었다. 타투이스트를 국회로 초청해 연 타투 체험 행사가 바로 그것. '불법'이라는 그늘 아래 노동 착취와 성폭력 위험까지 감당해야 하는 타투 노동자들을 위한 '쇼'였다. 그리고 포털 사이트에는 "류호정, 이번에는 국회에서 타투 체험 행사" 같은 제목을 단 기사들이 쏟아졌고 수백, 수천 개의 댓글이 달렸다.

악플을 모아 전시회를 열고 싶다던 류호정의 바람에 착안해 각 기사에 달린 댓글 중 몇 개를 전시해 본다. 상스러운 표현과 여성 비하 욕설이 대부분이라, 그나마 지면에 옮길 수 있는 수준의 약한 악플만을 인용했다.

어디서 애를 데려다가 두고 나랏일을 시켜?(yach****)

철딱서니 없는 딸래미(kim3****)

할 줄 아는 게 튀는 옷 입고 쇼하는 거냐(amur****)

난민의 인권을
넓히는 일이
다른 여성을 돕는
길이라 믿어요

전수연
공익법센터 '어필' 변호사

'환대'는 타인에게
우리 안에 머물 공간을
마련해 주고,

———————————

그 공간에서
그 사람이 꽃 피우도록
하는 거예요.

난민의 인권을 넓히는 일이 다른 여성을 돕는 길이라 믿어요

'난민'이라는 화두가 한국에도 상륙한 것은 2018년 6월이다. 500여 명의 예멘인이 제주를 통해 입국해 '예멘 난민 사태'라 이름 붙은 이 일은 우리 사회가 그간 고민해 본 적 없는 생소한 질문을 던졌다. 딱한 처지에 놓인 낯선 이웃을 우리는 어떻게 환대하고 함께 살아갈 것인가. 이 질문은 명확한 결론 없이 한국 사회를 표류하고 있는 차별금지법(평등법)처럼 아직도 둥둥 떠 있다.

예멘 난민 사태 때 도드라진 현상 중 하나는 여성 집단 내부의 분화였다. 일부 여성들은 난민의 대부분이 이슬람권 출신인 점을 들어 치안에 위협이 될 것이라고 주장했으며, 이는 곧 무차별적인 혐오로 이어졌다. '생물학적 여성'의 안전을 우선시하며 난민 수용을 반대한 것은 여전히 논쟁의 영역으로 남아 있다. 이런 맥락에서는 현장에서 난민을 돕는 여성 인권 변호사의 존재가 '별종'이리라.

전수연 변호사는 자신을 차별에 민감한 페미니스트라고 생각한다. 동시에 일선 현장에서 난민을 직접 만나고 돕는다. 그리고 그는 확신한다. 지배-종속 논리로 구조를 유지하는 불평등한 사회에서는 누구나 '약자'의 위치에 처할 수 있다. 이 약자는 어떨 때는 '여성'일 수도, 또 어떨 때는 '난민'일 수도 있다. 그렇기에 타인의 인권을 넓히는 일이 여성 인권과 무관하지 않다고 말이다.

그 학비 비싸다는 로스쿨을 졸업한 뒤 월급 200만 원부터 시작하는 인권 변호사의 길을 택했을 때, 부모님을 비롯해 가까운 이들은 그다지 호의적이지 않았다. 그럼에도 그가 확신을 가지고 공익 분야에 몸담기로 결심한 것은 '개인'보다 '구조'에 집중하는 삶을 살고 싶었기 때문이다.

당시 베트남에서 온 이주 여성이 남편에게 무참히 폭행당해 죽은 사건을 계기로 고민하게 됐어요. 나와 같은 시대를 살아가는 이 여성은 대체 왜 한국까지 와서 죽어야 했을까. 개개인이 겪는 문제엔 사실 출신, 젠더, 계급 같은 구조가 큰 힘을 발휘하고 있다는 걸 깨달았죠.

이후 6년 동안 그가 만난 낯선 이웃의 모습은 우리의 일상만큼이나 복잡다단하다. 가정폭력을 일삼는 남편과 여성혐오 국가를 견디다 못해 사우디아라비아를 빠져나온 90년대생 여성, 이집트 군부 쿠데타에 맞서 시위를 하다 고문을 당하고 한국으로 향한 남성 등. 언제 내쫓겨도 이상하지 않은 이들은 한국 사회의 편견을 알기에 매사 조심스럽다. 이런 이들을 '위험하다'고 마음껏 규정하고 낙인찍는 것, 그 역시 권력이다. "제가 만난 이슬람 남성들보다 한국 중년 아저씨들이 더 가부장적인걸요." 그가 뼈 있는 농담을 건넸다.

낯선 이웃을 우리 공동체 안에서 꽃피우게 하는 '환대'야말로 오늘날 함께 살아가는 우리에게 필요한 덕목이라 믿는 전수연을 만났다.

구조를 보고 만지고
바꾸는 사람이 되고 싶었어요

'난민을 돕는 인권 변호사라면서

여자를 돕는 여자라고?' 이렇게 의아하게 여기는

독자들도 있을 것 같아요.

저는 주로 난민과 성 착취 인신매매 피해 여성을 지원해요. 제가 하는 일과 페미니즘이 어떤 관계가 있을지 고민했는데요. 페미니즘의 스펙트럼이 넓지만 공통 전제는, 지배-종속 관계에서 차별 구조가 완성된다고 보는 거거든요. 페미니즘은 '여성'을 얘기하지만, 그 단어는 언제든지 '약자'로 치환이 가능하다고 봐요. 난민, 인종, 성적 지향, 신체적 능력, 그 어느 것으로도요.

**이 첫 답변이 사실 오늘 인터뷰 전체를 관통할 것
같아요. '나의 인권, 너의 인권이 구분되어 있지 않고
총량이 정해져 있지 않다'라는 점에서요.
인권이라는 큰 이야기로 들어가기 전에, 삶에 대해
먼저 시작해 볼까요? 인권 변호사들이 모인
공익법센터 '어필'엔 얼마나 계셨나요.**

변호사 시험을 보고 난 뒤 6개월간 실무 연수를
해야 하는데요. 그때 어필을 만나 변호사로서 정
식 업무를 시작하게 된 2016년 1월부터니까, 만
6년이 넘어가네요.

좀 옮기고 싶을 때가 된 것 같은데요?(웃음)

아직은 그런 생각을 해 본 적이 없어요.(웃음)

**흔히 기득권의 표상인 '사짜' 직업을 갖기 위해
로스쿨에 가죠.**

저도 원래 꿈이 인권 변호사는 아니었어요. IMF
금융위기가 터지고 2, 3년 뒤 소위 SKY 대학에
입학했는데요. 당시만 해도 현실 감각이 없었어

요. 졸업하면 다 취업이 되는 줄 알았는데 정치외
교학 전공자인 저를 필요로 하는 곳이 없더라고
요. '나름 최선을 다해 살아왔는데 왜 나는 사회에
쓸모없는 존재가 되어 있는 걸까' 생각했어요. 대
학에 있을 때까진 구조 안에서 사회가 원하는 바
를 따르며 살아왔기에 문제가 없었지만, 구조 밖
으로 내몰리는 경험을 하면서 '사회경제 체제 같
은 구조가 미미한 개인인 내게도 영향을 미치고
있구나' 생각하게 된 거죠. 그때부터 '구조'라는
것에 눈을 돌리게 됐어요.

그럴 때 구조를 보기보단 각자도생을 선택하기
쉬운데, 쉽지 않은 깨달음이었겠어요.

그즈음 베트남 이주 여성이 폭행·살해된 사건을
인상적으로 봤어요. 열아홉 살에 40대 후반 한국
남성에게 시집을 왔다고 기사에서 읽었는데요.
결혼한 지 한 달도 안 돼서 남편에게 처참하게 폭
행을 당해 죽어요. 갈비뼈가 거의 열여덟 개가 부
러질 정도로 맞았다고 쓰여 있었어요.

　이후 재판 과정에서, 그 여성이 도망치려고 계
획하고 베트남어로 쓴 편지가 발견됐어요. 그 편
지에서 그래도 결혼 생활 중 남편의 기분을 맞춰
가며 잘 살아 보려고 애썼던 게 드러났고요. 도망

가려던 바로 그날에 사달이 났던 거죠. 그걸 보면서 '우리는 같은 시대를 사는데 왜 저 여성은 한국까지 와서 변을 당하는 걸까' 고민하다 보니 결국 구조라는 틀이 존재했던 거죠.

그 여성을 둘러싼 겹겹의 구조요.

국가 간 경제력 차이가 큰 나라 출신이라는 것, 한국에 사는 외국인이었다는 것, 가부장 색채가 짙은 농촌에 며느리로 갔다는 것, 여성으로서 받는 차별이 분명히 존재한다는 것 등 자신을 겹겹이 둘러싸고 있는 것들을 도무지 뚫고 나올 수 없었던 거죠. 구조 자체가 문제인 거라면 구조를 바로잡는 게 중요하잖아요. 나중에 직업을 구하게 되면, 구조에 접근할 수 있고 그것을 개선해 나가는 일을 해 보고 싶다고 막연하게 생각했어요.

**그래서 결국 구조를 만지는 인권 변호사가 됐어요.
후회는 안 하시나요?**

네, 후회 안 해요.

**실례되는 이야기지만, 자료 조사를 하다 보니
어필 변호사들의 월급이 나오더군요. 사실인가요?**

네, 사실이에요. 월급 200만 원부터 시작합니다.

돈으로 환산되지 않는 보람이 훨씬
큰 일이지만, 가족이나 친구들 혹은 로스쿨 동기들은
다양한 반응을 보일 것 같은데요.

로스쿨 다닐 때부터 공익 센터에서 일하고 싶다
고 얘기하면 답변이 딱 세 가지로 나뉘었어요. 첫
째, "너 정치할 거야?" 둘째, "너희 집 돈 많아?"
셋째, "멋있다". 물론 앞의 두 답변이 90퍼센트 이
상을 차지합니다. 부모님도 달가워하지 않으셨어
요. 여태 돈 들여서 로스쿨 보냈더니 쥐꼬리만 한
월급 받겠다는 거냐는 거였는데요. 점점 부모님
은 제가 하는 일과 가치를 인정해 주세요. 지금은
많이 지지하고 응원해 주십니다.

약자들도 존엄을 누리며
살아갈 수 있도록

인권 변호사라는 직업과 페미니스트라는 정체성은
어떻게 교차할 수 있을까요.

초반에도 말했지만, 페미니즘은 여성의 권익에 중점을 두는 것만은 아니라고 봐요. 누구나 노력과 의지와 상관없이 타고나는 요건이나 환경이 있잖아요. 그런 것으로 인해 차별받거나 소외되는 일이 없어야 한다는 것이 제 확고한 의견입니다. 사회 구조로 인해 소외되고 약자에 속하는 분들도 존엄한 인격을 누리면서 살아갈 수 있도록 싸워 나가는 것이 제 일이라고 생각해요. 그런 점에서 제 일과 페미니즘이 교차하며 맞닿아 있지 않을까요.

난민 외에도 인신매매 여성을 지원하기도 한다고요. 인신매매가 요즘 한국에서도 일어나고 있는 일인가요?

그럼요. 흔히 인신매매라고 하면 과거 88올림픽 당시에 승합차로 여성을 납치해 팔아넘기는 걸 떠올리는데요. 인신매매의 요건은 세 가지예요. 일단 착취 목적이 있어야 한다. 둘째, 위법한 수단을 동원한다. 셋째, 사람들을 모집하거나 이동시키는 등의 위법한 행위가 있어야 한다. 유엔 인신매매방지의정서에서는 그렇게 정의를 내리고 있어요. 의정서상의 인신매매 정의가 중요한 이유는, 인신매매에 대해 통상적으로 생각하는 것보다 더욱 폭넓게 범죄가 정의될 수 있기 때문이에요. 사기나 기만을 통해 취약한 지위의 사람을 넘기는 행위 같은 것도 모두 포함되지요.

유엔 의정서에 있는 개념이군요.

제가 돕는 여성들은 주로 외국인 전용 업소에서 노래나 춤 공연을 하는 줄 알고 근로계약서를 정상적으로 작성했는데, 막상 한국에 와 보니 불법 성매매 업소인 경우예요.

피해자 대부분 여성이겠네요.

노래 공연을 하는 줄 알고 온 여성들에게 업주가 유사 성행위나 성매매를 강요해요. 여성들이 하기 싫다고 하면 "너 처녀도 아니잖아. 그럼 다시 필리핀 돌아갈 거냐. 돈 받기 싫으냐"라면서 폭행과 폭언이 시작되는 거죠. 도망가면 교도소에 갇혀 있다가 필리핀으로 강제 출국당한다고 늘 세뇌당하다 보니 여성들이 도망가지도 못하고요.

경찰에 신고하면 안 되나요?

이 여성들은 피해자인데도 불구하고 피의자 신분

이 돼요. 성매매 알선 등 행위의 처벌에 관한 법률에 의하면, 유사 성행위나 성매매를 자발적으로 한 사람은 피의자가 되거든요. 이 여성들은 업주의 강요와 협박으로 인해 경찰에 먼저 신고를 하기 쉽지 않은데요. 조사 과정에서 자발성이 없었다는 것이 알려지더라도, 현실에서는 피의자로 조사를 받으면서 출국 명령까지 받아 결국 쫓겨나게 돼요.

직업 만족도는 최상이지만, 그럼에도 좌절하는 순간이 있겠죠.

2016년에 성 착취 피해를 입은 필리핀 여성 다섯 명이 도망을 나온 일이 있어요. 업주에 대해 형사·민사부터 시작해서 국가배상 소송, 행정 소송 등 정말 해 볼 수 있는 소송은 다 진행했어요. 그 악독한 업주는 여성들을 성매매로 착취했을 뿐만 아니라 상습 추행한 사람이었거든요. 결국 그 사람은 징역 8월에 집행유예 2년을 받아 풀려났어요. 저희 입장에서는 처벌이 이루어진 게 아무것도 없는 거죠.

동시에 이 여성들은 성매매 종사자로서 피의자 조사를 받기 시작했는데요. 여성들이 피해자임을 강조하면서 혐의 하나하나를 다퉜음에도 불구하

고 '혐의 없음'이 아니라 '기소 유예' 처분을 받았
어요. 기소를 유예한다는 건, 혐의는 인정되는데
지금 기소하지 않는다는 말이거든요. 여성들의 혐
의 자체는 인정되었기 때문에, 뒤따르는 모든 형
사·민사·행정·국가배상 소송에서 마치 주홍글씨
처럼 범법자로서의 이름표가 계속 따라붙는 거예
요. 그래서 소송을 다 졌어요.

모든 소송에서요?

네. 필리핀에서부터 성매매 하는 거 알고 온 거
아니냐는 의심의 눈초리가 판결문에 늘 써 있더
라고요. 그런데 2019년 초에 똑같은 클럽에서 또
다른 필리핀 피해 여성 여섯 명이 도망치는 일이
발생해요. 그사이 업주가 더 교묘해져 있는 거예
요. 자기 입으로 직접 성매매 하라고 시키지 않고,
기존에 일하던 여성들의 입을 통해 지시한다든
가. 여성들에게 "저는 이 업소에서 성매매를 절대
하지 않겠습니다"라는 서약서에 사인까지 받아
두고요. 그래 놓고 경찰 조사를 받으면 "내가 시
킨 게 아니라 여성들이 자발적으로 한 것이지 나
는 몰랐다"라며 빠져나가요. 같은 사건이 반복해
서 아무 변화도 없이, 혹은 더 악랄하고 교묘한 방
법으로 일어나고 있는 게 너무 절망스러웠어요.

내 분노가 나보다 약한 존재를 향하고 있지 않은지

국내에 어필 외에 난민을 돕는 변호사
단체가 있나요?

난민을 돕는 변호사들로만 이루어진 건 어필이
유일하죠.

한국 사회에 난민이라는 화두가 처음 등장한
것은 2018년 예멘 난민 사태 때예요. 2020년 기준,
우리나라의 난민 인정 비율은 0.4퍼센트로
실제 난민 인구는 극히 적죠. 가끔 이런 의문이
들더라고요. '난민'이 정말 우리 주변에 존재하는가.

유엔난민기구 통계인데요. 우리나라 인구 1000
명당 난민이 몇 명 있을 것 같으세요? 0.04명입
니다. 난민협약 가입국 중에서 139위죠. 그만큼
우리 주위에서 난민을 거의 볼 수 없다는 게 사실
상 맞아요. 난민 신청을 받기 시작한 1994년부
터 2020년까지 26년 동안 신청자 수는 7만 1000
건이 넘는데요. 난민 인정자 수는 1000명이 조금
넘을 뿐입니다.

139위요? 경제 규모나 국격에 비해 정말
보잘것없는 수치네요.

또 되게 특이한 점은요. 우리 사회에 난민 외에도
여러 외국인이 있잖아요. 이주 여성이나 노동자
등등. 어쩌다 난민 얘기를 해 보면 그분들도 난민
에 대해서 굉장히 부정적인 인상을 가지고 있더
라고요. '가짜 사유를 만들어서 (난민) 신청하는
사람들'이라면서요.

왜 그럴까요?

언론이 만들어 내는 이미지가 큰 것 같아요. 본인
이 직접 난민을 보지 않고, 학습된 이미지로 판단
하는 거죠.

요즘은 '난민'이라는 단어가 굉장히
오염된 것 같아요. 낯선 이웃이면 다 난민으로
보는 경향도 크고요.

인터넷에 난민을 검색하면 전세 난민, 폭염 난민
이래요. 별 의식 없이 '난민'이라는 단어를 남용하
다 보니 오히려 편견을 강화하게 되죠. 난민은 협
약상 정확한 정의와 개념이 있어요. 그런데 이에

대한 이해가 없다 보니 '난민이 왜 아이폰을 갖고 있냐' '구찌 티셔츠를 입고 있냐' '비행기를 무슨 돈으로 타냐' 같은 시선으로 이들을 바라봐요.

스스로를 페미니스트로 칭하는 일부 여성들마저도 난민 혐오에서 자유롭지 못한 장면을 종종 목격하게 되는데요.

난민을 혐오하면서 스스로 페미니스트라 말하는 이들이 성범죄에 예민하게 분노하는 원인이 무엇일지 고민해 봤어요. 여성들이 많은 성폭력 위험에 노출되어 있는 상황에서 "우리는 안전하지 않다"라고 국가를 향해 목소리를 내 왔잖아요. 그러나 수사나 처벌이 미진하다든가 범죄가 예방되지 않는 것을 보면서 당연히 분노가 차오를 수밖에 없었던 것 같아요.

여성의 안전에 대해 국가가 신경 쓰지 않는다고요.

그런데 그들의 분노가 무관심한 국가가 아니라 나보다 더 취약한 난민을 향하는 거죠. 난민이라는 집단에 열등하고 위험하다는 프레임을 씌우는 것 자체가 혐오의 방식이에요. 사람은 누구나 범죄 가능성이 있어요. 특정 집단을 열등하고 위험하다며 잠재적 범죄자로 규정하는 것 자체가 혐오가 작동하는 방식이고, 이는 역사적으로 여성을 위험하고 열등한 존재로 인식해 착취와 혐오를 정당화했던 방식과 유사한 구조인 거죠. 저도 같은 여성으로서 국가가 여성 안전에 미온하게 대처하는 것을 보며 분노하기 때문에 더하는 말이에요.

사실은 분노가 향해야 할 곳은 더 높은 권력인데, 위계 구조에서 약한 이들을 향한다는 거죠.

그들은 아예 목소리가 없죠. 난민들의 목소리를 누가 들어 줘요. 내가 아무리 화를 내고 분풀이를 해도 이들은 꿈쩍할 수 없는 사람들이거든요. 내 분노가 나보다 약한 존재를 향하고 있지는 않은지 직시할 필요가 있어요.

난민을 공포의 대상으로 보는 사람들은 독일 사례를 많이 가져오는데요. 2016년 쾰른 집단 성범죄처럼, 독일이 개방적 난민 정책을 추진한 이후 시민들이 폭력적 상황에 노출됐다는 겁니다. 실제로 데이터상 증명되는 부분인가요?

독일의 난민 수용 정책은 2015년 시리아 난민을 받으면서 시작됐어요. 초창기인 2015년에는 범죄율이 조금 늘어나긴 해요. 70~80만 명 정도로 정말 많은 인원을 수용했거든요. 그렇다면 그 이후에 어떻게 흘러가느냐. 2020년 기준 독일의 난민 인구는 120만 명 정도인데요. 오히려 현재 범죄율이 1976년 이후로 최저점을 찍을 정도로 낮아졌고, 범죄 사건 자체도 줄었어요.

통계가 말을 하고 있네요.

2018년 반이민 정책을 펼친 트럼프 전 미국 대통령이 자신의 트위터에 "독일 사례를 봐라. 미국도 이러다가 독일처럼 범죄율이 높아진다"라고 올렸거든요. 그때 메르켈 전 총리가 간단하게 한마디로 "통계를 봐라"라고만 해요.

하지만 동시에 여성들이 피부로 체감하는 공포가 전혀 이해되지 않는 것은 아니에요.

참 어려운 문제죠. 통계를 들이미는 게 아니라 설득을 하자면요. 제가 만나 본 난민들은 실제로 굉장히 몸을 사립니다. 왜냐면 혹시 어떤 범죄에 연루되거나, 자잘한 도로교통법 위반만 해도 범죄

경력에 올라가서 체류가 연장되지 않을 수 있거
든요. 물론 난민 심사는 난민 사유에 대해서만 판
단해야 되겠지만, 혹시라도 범죄 경력이 불리하
게 영향을 미칠까 봐 정말 조심합니다.

존재 자체가 불안정한 이들은
끊임없이 자기 검열을 할 수밖에 없는
처지에 놓이죠.

제가 만난 어떤 난민은요. 덩치가 크고 검은 피부
색을 가졌어요. 자기가 지하철에서 앉으면 양옆
에 아무도 안 앉는다는 거예요. 결국 자기가 앉으
면 다른 세 명이 못 앉게 되기 때문에 지하철에서
는 무조건 서 있는데요. 이들은 한국 사람들이 자
기를 얼마나 위험하게 여기고 싫어하는지에 대한
인식을 충분히 갖고 있어요. 늘 약간씩 주눅이 들
어 있죠.

우리는 지금 아무런 통계도 없이 '저 사람은 이
슬람권에서 왔으니 무섭다'라는 느낌만으로 막연
한 불안감을 갖고 있어요. 혐오의 한 방식인 거죠.
저는 이슬람권에서, 특히 이집트에서 온 난민을 많
이 만나 봤는데요. 그분들보다 한국의 아저씨들이
훨씬 더 가부장적이라고 느껴질 때가 많았어요.

제발 한국으로 오지 말라고 말하고 싶어요

'몸을 사려야만 하는' 그 불안한 처지에
확 공감이 돼요. 이들을 조금 더 친숙하게 느끼도록
기억에 남는 인물 이야기를 해 주실 수 있을까요?

사우디아라비아에서 온 90년대생 여성이 있어
요. 사우디아라비아는 극단적인 이슬람 국가여서
여성을 동물이나 재산처럼 취급하는데요. 마치
우리나라 조선 시대에 얼굴 한번 못 보고 결혼을
하는 것처럼, 이 여성 역시 아버지가 정해 준 남자
의 얼굴을 단 몇 분만 보고 결혼식을 올리게 되었
다고 해요. 그런데 남편이 정말 개차반이었던 거
죠. 부인을 때리거나 성폭력을 가했어요. 그런데
워낙 여권이 낮은 곳이다 보니 친정에 호소를 해
도 아무도 자기 편을 들어 주지 않는 거예요. 그
래서 남편으로부터 폭행당해 생긴 몸의 상처를
휴대폰으로 찍어 놓고 스스로 목숨을 끊으려다가
극적인 상황에서 도망을 나오게 된 거죠.

집을 나온 것을 넘어서 나라를 떠나게 된 거군요.

남편과 해외로 여행을 갔는데, 그때부터 도망가
야겠다는 생각만 했대요. 남편이 자는 틈을 타 몰
래 비행기를 타서 한국까지 오게 됐어요. 이슬람
국가에서 여성이 비행기를 혼자 타면 굉장히 이
상한 눈초리로 본대요. 남성 보호자 없이 혼자 비
행기를 타니 승무원들이 계속 자신을 쳐다봐서,
내리라고 할까 봐 무서웠대요.

그래도 한국을 온 게 정말 대단해요.
난민 인정은 받았나요?

면접을 봤는데 불인정됐어요.

왜요?

박해로 인한 난민 사유는 크게 다섯 가지가 인정
돼요. 인종이나 국적, 혹은 종교나 정치적 사유,
특정 사회 집단에 속한다는 사유로 인해 박해를
받는 것이어야 하죠. 그런데 이 마지막 사유는 일
부러 포괄적으로 정의하기 위해 열어 둔 개념이
거든요. 시대가 변함에 따라 박해받는 그룹도 많
이 달라지잖아요. 성소수자나, 병역 거부한 사람
이나, 내부 고발자 등등.

그럼 그가 '여성'이라서 겪은 일이 박해인가가
관건이네요.

남편이 폭행을 행사하면 당신 나라 사법구제 절
차를 이용해야지 왜 한국까지 왔느냐는 게 출입
국의 입장인데요. 그 나라에서 여성은 혼자 다니
지도 못하는데 어떻게 경찰에 신고를 해요. 그건
사우디아라비아에서 지금 상상할 수 없는 일이거
든요. 결국 그래서 난민이 불인정됐어요. 이의 신
청 절차를 밟고 있고요.

평소에 막연히 난민에 대해 갖고 있었던 이미지와
무척 달라 놀랐습니다. 난민 사유에서 정치적, 종교적
박해를 가장 쉽게 떠올리게 되거든요.

물론 정치적 사유로 오는 분들도 많죠. 예를 들어
현 압델 파타 알시시 이집트 대통령이 군사 쿠데
타로 집권하던 당시에 '군사 독재 타도하라' '우리
는 민주 정부를 원한다'는 구호를 외치며 시위한
분이 있어요.

지금도 난민 인정을 받지 못한 거죠?

네. 2, 3년째 계속 불인정되고 있고 이의를 신청

해도 기각되고 있어요. 그런데 흥미로운 게 이집트에서 그와 같이 시위하고 똑같이 고문받은 다른 사람은 캐나다에서 6개월 안에 난민 인정을 받았어요. 그런데 한국으로 온 사람은 난민 인정이 거의 다 되지 않는 거죠.

지금이라도 캐나다로 가면 안 되나요?

우리나라에서 일단 난민 신청을 했고 불인정됐다는 것이 기록으로 남아요. 그래서 캐나다에 가더라도 처음부터 새롭게 시작하는 게 아니라 '한국은 난민 제도가 있는 나라인데 왜 불인정받았지? 거짓 난민 아니야?' 하고 의심받게 될 수도 있어요.

무조건 첫 번째 나라로 한국을 선택하지 말라고 알리고 싶겠어요.

제가 그 얘기를 제일 많이 하고 싶어요. 왜 한국에 왔냐고 물으면 다들 한국은 난민법도 독자적으로 갖고 있는 난민협약 가입국이라 인권 선진국으로 알고 왔다고 해요. 하지만 실상은…….

약자가
보호받지 못하는 세상에서
과연 나는 안전한가

환대의 의미를 다시 한번 생각해 보는 시간입니다.
칸트는 "이방인이 타지 사람의 땅에 도착했다는 이유로
적대적으로 취급받지 않아야 한다"라는 세계시민적
태도를 '환대'라고 했대요. 낯선 이들을 환대하는 것, 왜
지금 우리 사회에 필요한 덕목일까요?

코넬리우스 플랜팅가라는 미국의 신학자는 '환대'
를 "타인에게 우리 안에 머물 공간을 마련해 주고,
그 공간에서 그 사람이 꽃 피우도록 하는 것"이라
고 정의 내렸어요. 꽃 피우게 한다는 건 그 사람
의 잠재되어 있던 정체성이 드러나고 발현되면
서, 더 안전하게 인간의 존엄성을 유지하며 살아
가도록 공간을 마련하는 거라고 봐요. 우리는 혼
자 사는 존재가 아니잖아요.

이러한 깨달음에 이르기까지, 여성이라는 정체성이
발현되고 작용한 점도 분명 있겠지요.

저희 집안이 무척 가부장적이거든요. 늘 성별을

이유로 남동생과 다른 대우를 받았어요. 어린 나이였지만 그것을 차별이라 인식했고요. 그래서 타자라고 일컬어지는 이들에 대한 불합리한 구조를 일찍이 직시할 수 있었던 게 아닌가 싶어요.

마지막으로 동시대를 살아가는 다른 여성들에게 한마디 전한다면요.

'취약한 사람들이 보호받지 못하는 사회에서 과연 나는 안전할 수 있을까'를 함께 고민해 봤으면 좋겠어요. 청년 산재 사건 등만 봐도 우리 사회는 약자에 대한 배려보다 경제적 이득이나 기득권 이익을 추구하는 방향으로 흘러가고 있죠. 나 역시도 언제든 약한 자의 위치에 처할 수 있다는 것을 늘 기억해 주셨으면 좋겠습니다.

지금의 전수연을 있게 한
'나를 도운 여자'는 누구인가요?

이 질문이 제일 어려워요. 정말 곰곰이 떠올려 봐
도 없거든요. 가족 안에서는 제가 느끼는 불합리
함을 편하게 털어놓을 수 있는 사람이 없었어요.
저 혼자만 제 편인 것 같은 느낌을 받았죠. 로스
쿨에서도 공익 섹터에서 일해 보고자 하는 여성
선배나 동료를 찾는 것이 어려웠어요.

　지금 어필에서 함께 일하는 여성 변호사 두 분
이 있는데요. 김세진, 정신영 변호사입니다. 나이
도 비슷하고, 여성이라는 정체성으로 비슷한 일
을 해 나가고 있어요. 힘든 일을 나누고, 화나는
일은 같이 분노하면서 제가 힘을 많이 얻어요. 이
처럼 좋은 상호작용을 주고받고 있기에, 이분들
을 꼽고 싶어요.

2018년 예멘 난민 사태 때 사회부 경찰팀 기자였던 나는 온라인에서 촉발된 누리꾼들의 여론을 유심히 지켜봤다. '난민'이라는 단어가 낯선 만큼, 익명 발화자들의 의견은 각양각색이었다.

그런데 눈을 의심케 했던 것은 이른바 페미니스트라고 스스로를 칭하는 이들의 입에서 쉽게 나온 혐오 발언이었다. 차별 철폐와 평등, 연대 같은 가치를 중요시하는 그룹 안에서도 악성 댓글이 달리는 것을 보고 이따금 혼미해졌다. 특히 여성 혐오가 심한 이슬람 문화권에서 온 남성 난민들이라는 이유로, 일부 여성들이 집단적으로 혐오 댓글을 쏟아내는 것은 눈 뜨고 보기 힘들었다.

안전에 대해 안심할 수 없는 개별 여성이 느끼는 감정을 이해하지 못하는 것은 결코 아니다. 그런 마음을 갖게 된 일련의 사회문화적 배경에 대해서 십분 공감한다. 그러나 특정 소수자에 대해 실체 없는 공포를 느끼거나 이로 말미암아 집단적으로 공격하는 것은 혐오 정서에 기반을 둔 행동이라는 생각에는 여전히 변함이 없다.

그때부터였을까. 기사를 통해 타인을 설득하는 일에 관심을 두기 시작했다. 근래 주위를 둘러보면 '나'를 이야기하는 사람은 무척 많다. '내가 이렇게 뛰어나다' '내가 존엄해야 한다' '나를 지키며 일하자' 등등. 동시에 '타인'을 이야기하면서 '우리'로 의미를 넓히는 이는 무척 희소해졌다. 다른 생각을 가진 한 사람 한 사람을 설득해 '우리'의 마음을 만드는 전수연의 삶에 매료된 까닭이다.

'우리'를 이야기하는 세상이 돌아오길 바란다. 그러기 위해서 '우리'를 이야기하는 이들의 삶을 기록한다. 의도했든 아니든, 이 책의 인터뷰들에는 '우리'가 참 많이 등장한다. 타인을 위해 판을 넓히는 여성들은 입을 모아 말한다.

"동료를 많이 만드세요. 내가 아닌 다른 여성들과 함께 목소리를 내세요."

공고한 차별 구조를 바꿀 수 있는 건 특출난 한 사람의 힘이 아니다. 소수자를 환대하고, 타인에게 공감하고, 우리를 이야기하는 이들의 응집된 힘이야 말로 판을 바꾸는 원동력일 테다.

누구도 내 영혼에
손톱만큼의 균열도
낼 수 없어요

나임윤경

연세대학교 문화인류학과 교수

탑을 쌓지 말고
너도 앉고
나도 앉는

대청마루를
깔아야죠.

오늘날 한국 사회에서 가장 오독되는 단어 하나를 꼽자면 '잠
재적 가해자'이지 않을까. 한국양성평등교육진흥원(양평원)
이 2020년에 공개한 6분짜리 교육 영상 〈잠재적 가해자의
시민적 의무〉는 안티페미니즘을 공유하는 남초 커뮤니티와
일부 정치인들의 공격으로 화제의 중심에 섰다. 당시 양평원
장이었던 나임윤경 연세대 교수는 직접 영상의 원고를 쓰고
목소리 출연을 했다.

'성별, 연령, 지위 고하에 관계없이 조그마한 권력이라도
가진 누군가는 어떤 약자에게는 잠재적 가해자가 될 수 있으
니, 스스로의 위치를 성찰하는 시민으로서 타인과 교제하자.'
이것이 해당 영상이 담은 본질이었다.

설령 여성일지라 하더라도 위계 관계가 작동하는 구조
속에서는 누군가에게 '잠재적 가해자'가 될 수 있다. 젊은 남
성은 이따금 지위가 높은 연장자 남성에게 존중받지 못하는
경험을 할 수도 있다. 다양한 요소가 교차하며 존재하는 개인
에게 주어진 '절대적 위치'란 없다는 의미였다.

하지만 남초 커뮤니티에 구애하는 성차별주의자 정치인
들이 훑고 지나간 자리에는 '남성이 잠재적 가해자냐 아니냐'
라는 납작하고 황폐한 질문만 덩그러니 남았다. 공식 홈페이
지의 영상은 한동안 남아 있었지만, 나임윤경의 퇴임 이후 비
공개 상태다.

2021년 7월, 나임윤경은 3년간의 양평원장 임기를 마치
고 학교로 돌아갔다. 그는 그 시기를 양평원 직원들이 한마음

으로 한국 사회의 백래시에 저항한 때로 기억한다.

기관에 항의 전화 폭탄이 쏟아졌어요. 그런데 관련없는 부서 직원들이 자발적으로 "제가 담당이니 제게 말씀하세요"라고 전화를 받았어요. 직원들이 버티고 있는데 제가 어떻게 힘들다고 할 수 있었겠어요.

동시에 여성가족부에 대한 비판도 빼놓지 않았다. 양평원은 여가부 산하기관이다.

여가부에서 영상을 내리라는 압력이 왔어요. 정작 해야 할 말은 하지 않으면서요. 전 직원에게 메시지를 보내 상황을 설명하고 영상을 절대 내리지 않겠다는 제 판단을 공유했죠. 지금 양평원에서 가장 한가한 사람은 원장이니, 내게 항의 전화를 돌리라면서요. 공공기관이 '프런트 라인'에서 버티고 있는데 여가부가 힘들다고 하는 건 전혀 말이 안 돼요.

물론 이 사건이 그에게 안긴 깨달음과 교훈이 없는 것은 아니다. 그는 성찰하는 여성학자다. 현장에서 사회과학을 기반으로 하는 페미니즘이 대중의 언어와 괴리되어 있는 것을 목격했다. '잠재적 가해자의 시민적 의무'라는 표현이 대표적예다. 페미니스트들은 단번에 왜곡 없이 받아들이는 이 표현이, 누군가에게는 불쾌감을 앞세워 본질을 압도할 수 있음을 알았다. 언어 수용자에게 흡착되지 못한 언어가 정치 선동이라는 부메랑이 되어 돌아올 수 있음을 목격했다. 학교로 돌아간 뒤 더 쉽게, 누구나 자신의 삶에 적용할 수 있게 성평등 언어를 다듬어 나갈 것이라 다짐한 이유다.

20년이 넘는 시간 동안 학교와 현장에서 다양성을 존중하는 시민을 길러내는 페미니즘 교육을 고민해 온 나임윤경을 만났다. 다름 아닌 그 교육의 수혜를 입은 이가 10년이 지나 그를 인터뷰하게 됐다.

민주주의의 핵심은
디테일에 있어요

2018년 6월부터 2021년 7월까지 3년 임기를 채우고
양평원장 자리에서 퇴임하셨는데요. 떠나실 때
직원들이 이런 문구를 담은 감사패를 전달했다면서요.
"성평등을 통해 타자와의 공존을, 20, 30대 구성원이
지향하는 삶의 가치와 비전, 그리고 맥락을
고려하시겠다고 했던 첫 만남을 기억합니다. (⋯)
일상과 관계의 민주화를 위해 노력하셨던 그 시간을
기억하겠습니다." 정말 감사한 마음이 아니면
나올 수 없는 진정성 있는 문구로 보여요.

　　저 역시 정말 감사했죠. 나에 대해 이렇게 얘기해

줘서 고맙다는 마음도 있었지만, 그 감사패의 내용대로 살아야겠다는 다짐을 하게 해 주어 더 고맙더라고요.

감사패 중 '일상과 관계의 민주화'라는 단어가 콕 박혀요. 사실은 많은 조직에서 위계질서로 인해 잘 안 되는 부분이죠. 또한 페미니즘이 지향하는 바이기도 하고요.

처음 양평원에서 회의를 했을 때인데요. 비서가 커피를 일일이 서빙하더라고요. 그가 방을 나간 후 깜짝 놀라는 시늉을 했어요. "어머! 이게 뭐예요? 우리가 다방에 왔어요?" 일부러 과한 리액션을 한 거죠. 젊은 여성에게 차 대접을 받는다는 것이 얼마나 불평등하고 인권적으로 낙후된 일인지 깨닫게 하고 싶었어요.

말도 안 되는 상황인 걸 보여 주려면 즉흥 연기도 출중해야 하는 거군요.(웃음)

전 세계 드라마에서 비서가 차 서빙하는 장면이 연출되는 나라는 일본과 한국밖에 없어요. '오피스office'에서는 '오피셜official'한 일만 해야 하는 거잖아요. 비서 역시 공공기관에 들어오기 위해

스펙을 쌓고 시험 준비를 했을 텐데요. 자신의 업무 중에 서빙과 설거지가 일상적으로 포함된다는 건 그가 커리어 준비 과정에서 상상하지 못한 일이었을 거예요. 그래서 생각 끝에 식기 세척기를 각 층마다 놨어요.

하지만 여전히 많은 조직의 '장'들은 그런 일은 젊은 '여직원'이 하는 일이라 생각해요.

한번은 국회에 가서 국회의원을 상대로 자기가 마실 차와 커피는 스스로 준비하고 사용한 컵은 스스로 닦아야 하지 않겠냐, 자기 뒤치다꺼리를 어떻게 다른 사람에게 시키냐는 취지의 내용으로 강의를 했어요. 대부분의 남성 국회의원들이 '집에서도 안 하는데 이런 걸 내가 왜 사무실에서 해야 하나' 하는 표정으로 있는 거예요. 그들에게 "집에서도 하지 않는 일을 밖에 나와서 해야 하는 게 문제가 아니라, 집에서도 하지 않는 것이 문제다"라고 얘기했어요.

민주주의를 모토로 하는 분들이 대체 왜 그럴까요?

586 운동권 세대가 독재 타도를 위해 몸을 불사르며 민주화 운동을 했지만, 독재자만 없어지면

민주주의가 저절로 되는 줄 알았던 거예요. 독재자가 없어진 뒤 일상을 어떻게 촘촘하고 섬세하게 재구성해야 하는지에 대한 상상력이 없었고요. 페미니즘은 디테일에 민주주의의 핵심이 있다고 보기 때문에, 제가 양평원에서 한 일이 바로 그런 것들이죠. 익숙했던 소소한 일상들을 낯설게 보도록 하는 것.

분노는 우리의 힘이지만 분노에만 머물러 있을 수는 없어요

임기 말, 남초 커뮤니티를 중심으로 〈잠재적 가해자의 시민적 의무〉 영상이 여러 가지 논란의 중심에 놓였어요.

그 영상에 따르면 저도 잠재적 가해자죠. 중산층, 고학력에 나이도 많고, 서울의 대학교수이기까지 하잖아요. 기득권을 다 가진 사람이 그렇지 못한 사람들에게 어떻게 잠재적 가해자가 아닐 수 있어요. 사실 '잠재적 가해자'라는 건 어떤 조그마한 권력이라도 가진 우리 모두를 뜻하는 것이고, 그들의 시민적 의무를 설명하는 거였어요.

지금 한국 사회의 이른바 남초 커뮤니티를 움직이는 건 굉장히 저급하거나 나쁜 의도로 선동 정치를 하려는 남성 정치인이에요. 그 영상을 두고 '남자들을 잠재적 가해자로 호도한다'고 이끈 것은 하태경 국민의힘 의원 같은 사람들인데, 득표를 위해 의도적 곡해와 저급한 주장으로 젊은 여성과 남성의 갈등을 부추긴 거예요. 아주 나쁜 정치를 하는 것이죠.

**일부 대중이 집중포화를 할 때 버티는 것이
쉽지만은 않았을 것 같아요.**

페미니스트의 기본 전략이 백래시 아니에요?(웃음) 기존 주류의 질서, 기존 주류의 지식, 기존 주류의 감수성에 대해 백래시하는 것이 페미니즘인걸요!

다만 제가 당시 힘들었던 건 여성가족부가 해야 할 말을 다 하지 못하고, 그들을 무슨 진상 고객 취급하듯 '건드리면 안 된다'는 식으로 어정쩡하게 몸을 낮추기만 하려는 것이었어요. 그런 자세는 그들의 포화를 당장은 피해 갈 수 있겠지만, 그들은 물론 그 영상 내용을 지지하고 호응하는

많은 국민에 대한 정부 부처의 올바른 자세는 아
닌 거죠. 향후 같은 문제가 되풀이되게 하는 것이
기도 하고요. 힘들더라도 그들에게 끝까지 제대로
된 논리로 설명하고 설득했어야 합니다.

양평원 직원들도 참 힘들었겠어요.

저는 저대로 직원들은 직원들대로 전화 폭탄에
시달렸어요. 그 과정에서 직원들에게 온라인 쪽
지를 보냈죠. 그때의 상황을 충분히 설명하면서
"영상을 내리지 않겠다는 것은 나의 판단이고, 상
식이 비상식에 무너질 수 없으니, 여러분에게 미
안하지만 나는 이대로 갈 것이다"라는 내용을 담
아서요. 그리고 민원 전화가 오면 양평원에서 지
금 이 순간 제일 한가한 사람은 나이니, 내게 전화
를 돌리라고 했어요.

그랬더니요?

직원들의 응원 답글이 엄청났어요. 민원 전화가
쏟아지니, 관련 없는 부서에서도 기꺼이 전화를
받으며 "제가 담당이니 제게 말씀하세요"라고 말
하기로 약속을 했대요.
　직원들이 버티고 있는데 제가 힘들다는 소리를

하는 것은 말이 안 되고, 공공기관 직원들이 버티고 있는데 여가부가 힘들다고 하는 것은 말이 안 되는 거예요. 그래서 일부 정치인들의 말도 안 되는 비판에 대해서는 정말 전혀, 전혀, 전혀, 전혀 신경 쓰지 않았어요. 오히려 당시의 저와 직원들은 더욱 단단해지고 서로 똘똘 뭉쳤죠.

저도 제 글이나 기사에 대한 백래시를 회피하고 있었는데 이제 좀 운명으로 받아들이겠습니다.(웃음) 최근에 정치인들이 20대 남성의 불만과 주장에 너무 경도되어 있지 않나 하는 문제가 지속적으로 제기되고 있어요.

지금까지는 규칙이나 법 같은 것으로 평등한 척이나마 할 수 있었던 공적 영역으로까지, 페미니스트 김현미 선생님 표현을 빌자면, '남아선호'가 노골적으로 나오고 있는 것이라 봐요. 20대 여성의 자살률이 급상승하고 있고 며칠에 한 번씩 살해 소식이 들리잖아요. 그런데 정치인들이 그 문제에 대해서는 좀처럼 신경을 안 쓰면서, '이대남'이라는 이름으로 남아선호를 노골화해서 이른바 젠더 갈등을 부추기고 젊은 남성들만 신경 쓰죠. 실제 문제는 청년 실업과 주거 문제, 그리고 여성들의 안전인데 말이에요.

백래시가 오히려 페미니즘의 전략이라고
말씀하셨지만, 그럼에도 젊은 여성들로서는
지금 펼쳐지는 상황이 너무 당황스러울
수밖에 없어요. 선배 여성들은 이런 걸 어떻게
극복해 나갔는지 궁금해요.

인터뷰 말미에 젊은 여성들과 나누고 싶은 한마
디를 준비하라고 하셔서 제가 준비한 말이 있어
요. "쫄지 마, 아무것도 아니야." 아무 일 아니에
요. 절대 쫄 일 아니에요. 여성들이 쪼는 게 지금
화력 막강한 그들이 가장 바라는 일이에요. 그러
나 꼭 기억해야 할 것은 누구도 나의 영혼에 손톱
만 한 균열도 낼 수 없다는 그 엄연한 사실이에요.

안달복달하지 말고 그냥 가야 할 길을 가라는
말씀인가요.

물론 지금 20, 30대 여성들은 성평등 요구에 대
한 백래시가 생애 처음이라 굉장히 당황스러울
수 있지만, 이미 (선배) 여성들은 불평등과 백래시
에 잔뼈가 굵었습니다. 이걸 큰일로 받아들이면
앞으로 인생에 펼쳐지는 더 큰 모순에 대해 우리
가 감당할 능력이 없어져요.

**일상 속에서 차오르는 분노나 화 같은 것을
다스리는 비법이 있을까요?**

저라고 무슨 뾰쪽한 비법이랄 게 있겠어요. 그렇
지만 분노는 해야 합니다. 분노는 우리의 힘이잖
아요. 다만 그 분노가 스스로를 해치게 하면 안
되겠죠. 그리고 우리는 여럿이잖아요. 그러니까
연대할 수 있고 또 연대해야죠. 또 다른 물결이
다가오고 있는데 분노에만 머물러 있을 수 없으
니까.

**과거와 달리 여성의 대학 진학률이나 소득 수준이
개선되면서, 일부 집단은 성차별이 없다고 주장해요.
이 같은 착시 속에서 페미니즘도 달라져야 할
부분이 있지 않을까요?**

미국같이 여러 인종이 사는 나라에서는 아시아인
의 대학 진학률이 제일 높아요. 그렇다고 해서 아
시아인에 대한 인종차별이 없어졌다고 하지 않잖
아요. 그것은 아시아인에게 특별한 기회가 주어
져서가 아니라, 미국 사회가 아시아인을 평등하
게 대해서가 아니라, 차별을 극복하기 위해 아시
아인이 스스로 성취한 것이란 말이죠. 한국에서
대입 제도가 여성들에게 특별히 유리해서 여성이

남성보다 대학 진학을 많이 했나요? 그렇지 않죠. 그건 여성들이 차별당하지 않으려고 노력해서 이룬 '성취'이자 '성과'예요. 여성들이, 아시아인들이 대학을 더 많이 가야 할 만큼 그 사회는 그들에게 불평등하니까요. 미국 사회가 아시아인에게 평등했다면 왜 그렇게 대학을 많이 가겠어요. 미국은 인종적으로, 한국은 성별적으로 매우 불평등한 사회니까 차별을 극복하고 평등을 이루려는 그들 스스로의 노력으로 높은 대학 진학률을 성취한 거지요.

여성들이 힘겹게 이룬 몇몇 '성취'만으로 성평등이 완성됐다고 말하는 것은 어불성설이라는 말씀이군요.

다만 언어에 대한 고민은 있어요. 기본적으로 사회과학이자 철학인 페미니즘은 사회과학 소양이 있고 비판력이 살아 있는 사람에게는 굉장히 통쾌하죠. '아, 이거야! 나에게 이런 언어와 논리가 없었지!' 그런데 그렇지 않은 일반 대중에게 그 언어는 너무 어려워요. 그래서 이 언어를 우리의 일상적 경험과 맞닿아 있는 인문학적 언어로 어떻게 옮길 것인가가 지금 페미니즘 교육을 고민하는 학자와 전문가 들의 과업 중 하나입니다.

'잠재적 가해자의 시민적 의무'의 경우도
'단어 문해'로 인한 인식 차가 컸어요.

더 친숙하게, 내 말이 전달되는 사람들의 삶의 문
맥에 맞게, 정확하되 날카롭지 않게, 개인적이되
정치적인 통찰을 할 수 있도록 돕는 그런 노력들
을 해야 할 필요가 있는데요. 사실 그건 굉장히
고도의 지성을 요구하는 작업이에요. 사회과학적
으로 준비된 사람하고 소통하는 것과는 다른 차
원의 상상력을 요구하죠.

여러분의 선배 여성들이
이루어 낸 겁니다

2012년 9월 26일, 서울의 한 대학교 대강당. 학내 젠더연구소
소장이었던 나임윤경이 대강당 연단에 섰다. 기독교 교리를
따르는 학교에서 학생들을 대상으로 여는 예배 모임인 '채플'
시간이 한창이었다. 매주 남성 목사들이 올라 설교를 하던 자
리에 여성 교수가 등장하자, 학생들은 당황한 표정을 지었다.
　내용은 더 논쟁적이었다. 지금도 그다지 다르지 않지만,

당시 여자 신입생들은 복학생을 비롯한 남자 선배에게 '오빠'라고 부르는 것이 당연했다. 그런데 설교 내내 나임윤경은 그 호칭이 내포하는 이성애 기반 권력관계에 대해 꼬집었다. 페미니즘이 지금처럼 대중화되기 이전이었다. 성별을 막론하고 학생들의 SNS는 들끓었고 학교 익명 게시판에는 온갖 비난이 잇따랐다. "대체 오빠라는 단어가 뭐 어때서?"

10년 전 이날을 생생하게 묘사할 수 있는 것은, 그 채플을 들은 수백 명의 학생 중에 내가 있었기 때문이다.

저는 10년 전 가을, 학내 채플 연단에 선
나임 교수님의 모습을 기억하는 매우 드문 학생 중
한 명일 거예요.

캠퍼스 공간이 굉장히 남성 중심적이라고 생각했어요. 그즈음 캠퍼스 내 여성과 남성의 불평등한 관계를 집중적으로 보려고 했죠. 학교 대강당 앞에 농구 골대 두 개가 있는데, 비가 오나 눈이 오나 남학생들만 농구를 하고 있는 거예요. 또 그 학교는 대학 간 라이벌 체전도 있는데, 장학금을 받으면서 입학하는 그 많은 운동선수도 다 남학생이었어요. 대학 교수진에 남성이 많은 건 물론이고요.

**이전까지 캠퍼스 공간의 성 편향은 미처
생각하지 못한 문제였어요.**

당시 학생들이 캠퍼스 안에서 여성들의 공간을
만드는 프로젝트를 했어요. 그중 한 팀이 여학생
농구팀을 만들었죠. 요즘 〈골 때리는 그녀들〉이
인기잖아요. 이미 10여 년 전 여러분 선배들은 캠
퍼스 공간을 성평등하게 구성하려고 남녀공학에
서 농구팀을 만들었던 거예요. 그때 그 프로젝트
를 진행한 98학번 친구가 졸업하면서 농구공을
제게 남기고 갔어요. "선생님, 이걸 후배 여학생
들에게 꼭 전달해 주세요"라면서요. 그 공이 아직
제 연구실에 있어요.

**정말 감동적인 이야기예요. 이런 노력들이
모여서 지금 TV에서 마음껏 땀 흘리는 여성들을
볼 수 있게 된 거겠죠.**

그럼요. 체육 교양 수업 중에도요. 한 여학생이
축구 수업을 듣고 싶은데 혼자 수강 신청하기가
조금 그래서 친구랑 둘이서 같이 갔대요. 나머지
는 다 남학생이었고요. 그 수업은 두 팀을 시합시
켜 이기는 팀 학생들은 A나 B 학점을, 지는 팀 학
생들은 C나 D를 받도록 설계돼 있었어요. 그러

니 남학생들은 여학생이 자기 팀에 오는 걸 너무 싫어하죠. 그 와중에 담당 강사는 여학생이 두 명이니 잘 됐다 싶어서 둘을 각각의 팀으로 보냈어요. 그런데 그렇게 하면 이 친구들은 선택권도 없이 엉겁결에 적이 돼 버리는 거잖아요.

이런 문제의식에서 학생들이 여학생 축구팀을 만들어 달라며 체육학과장에게 편지를 쓰고 친구들에게 서명을 받는 노력들을 했어요. 같은 선상에서 어떤 학생들은 채플을 주관하는 교목실을 찾아갔고요. 지금까지 연단에 선 목사와 연사 명단을 확인한 뒤, 학생들에게 서명을 받고 그 결과를 교목실에 제출해서 결국 채플에 여성을 세웠어요.

그 노력의 결과로 제가 (교수님이 서신)
그 채플을 본 거군요.

네, 여러분의 선배 여성들이 그 일을 이루어 낸 겁니다.

하지만 최근 캠퍼스의 상황이 더 엄혹해지고 있습니다. 저는 종종 특강 등의 자리에서 학생들과 이야기를 나눌 기회가 꽤 있는데요. 그럴 때마다 익명 커뮤니티 에브리타임에서의 사이버불링으로 인한 괴로움을 호소해요.

에타가 상당히 문제가 많죠. 그래서 다음에 계획하고 있는 수업이 있는데요. 이른바 젠더 갈등이라고 포장된 '젠더 폭력'을 다뤄보려 해요. 가능할지는 모르겠으나, 인터넷 익명 게시판에 습관적으로 여성, 지역, 인종, 장애 등에 대해 혐오적 댓글 혹은 악플을 다는 사람들을 인터뷰해서 다큐멘터리로 만든 뒤, 악플을 다는 이유나 동기 같은 것을 공론화하고 토론해 보려 해요.

가해자를 이해하기 위해서인가요?

뭔가를 알아야 처방이 나갈 수 있으니까요. 그들을 비판하고 비난하는 것도 물론 중요하지만, 어떤 면에서는 그들에 대한 이해가 필요해요. 이때의 이해는 '그래서 그랬구나' 같은 게 아니에요. '대체 왜 이러는 거야'를 알아야 한다는 거죠. 지금은 아무도 모르고 추측할 뿐이에요. 신자유주의적 주체로서 직업과 생계가 불안정하기 때문이라고 설명하는데, 저는 그것이 불충분하다고 봐요. 전체적인 현상은 그럴 수 있지만, 그 개개인이 정말 본인이 스스로 불안하다고 생각할까요? 그들의 내러티브를 듣고 또 다큐멘터리를 만들게 함으로써 학생들은 물론 일반 대중에게도 악플과 혐플이 좁게는 대학을, 넓게는 우리 사회를 다양

성 충만한 민주 사회로 나아가게 하는 데 어떤 역
할을 하는지 토론하게 하고 싶어요.

이따금 특강 등의 형태로 캠퍼스의 어린 여성들과 만날 때가
있다. 저널리스트로서의 경험을 공유하거나 젠더 보도에 대
한 이야기를 나눌 때다. 초롱초롱한 눈빛이 지닌 에너지는 원
격 강의가 무색할 정도로 모니터를 뚫고 나오고, 질문하려는
손은 허공의 공기를 빈번히 가른다.

그럴 때마다 빠지지 않고 받는 질문이 있다. 아니, 토로
와 하소연에 가깝다. 그 내용은 캠퍼스 안에서 일어나는 낙인
찍기와 사이버불링에 대한 공포다.

기자님, 제가 학생회 활동을 하면서 페미니스트임을 드러
냈는데, 어느 날 익명 게시판에 저를 저격한 글이 올라와 있
더라고요. 아무렇지 않은 척하려고 하지만, 캠퍼스 안에서
누군가가 저를 주목하고 글까지 쓴다고 생각하니 너무 두
렵습니다.

물론 그런 행위는 사이버스토킹이다. 선을 넘으면 법적
인 조치를 밟아야 할 것이다. 그런데 그에 앞서 '주눅 들지 말
것'을 꼭 당부했다. "잘못한 것은 신념에 따라 실천하고 행동
하며 살아가는 당신이 아니라 온라인 익명성 뒤에 숨어 사이

버블링을 하는 지질한 상대"라고. 그러니 "절대로 자신을 검열하지 말라"고. 그리고 그런 고민을 하는 캠퍼스의 여러 여성과 함께, 오랫동안 캠퍼스 내 성평등을 고민해 온 나임윤경의 지혜를 나누고 싶었다.

이 인터뷰를 진행한 때로부터 반년 정도 지난 2022년 7월, 나임윤경의 2학기 강의계획서가 온라인에서 엄청난 화제가 됐다. SNS에서는 수천의 리트윗을 받으며 확산했고, 급기야 언론 보도까지 이어졌다. 기껏해야 다음 학기 시간표를 짤 학생들이나 유심히 들여다볼 커리큘럼에 무슨 특별함이 있었던 걸까.

나임윤경은 '사회문제와 공정'♦이라는 교과목을 개설하면서 대학의 익명 커뮤니티인 '에브리타임'을 직격했다. 최근 그가 재직하는 연세대에서는 청소 노동자들의 학내 시위로 인해 수업권이 침해받는다며, 에브리타임에 모인 학생 몇몇이 노동자들을 상대로 소송을 제기하는 일이 있었다. 그는 강의계획서에서 에브리타임을 "대학 내 혐오 발화의 온상이자 일부의, 그렇지만 매우 강력하게 나쁜 영향력을 행사하며 대표를 자처하는 청년들의 공간"이라고 규정하며 그 공간을 민

♦　앞서 나임윤경은 익명으로 악플을 다는 가해자를 이해하기 위한 수업을 구상 중이라고 설명했는데, 2022년 1학기에는 코로나19와 오미크론 변이 바이러스 유행 등으로 인해 수강 신청 인원이 적어 해당 수업이 개설되지 못했다. 이에 나임윤경은 그다음 학기에 '사회문제와 공정' 수업을 개설했다.

주적 담론의 장으로 변화시킬 수는 없을지 모색하고자 수업을 계획했다고 썼다. 강의계획서에 적힌 수업 목표는 이렇다.

(…) 누군가의 생존을 위한 기본권이나 절박함이 '나'의 불편함과 불쾌함을 초래할 때, 사회의 구조적 모순과 축적된 부당함에 대해 제도가 개입해 '내' 눈앞의 이익에 영향을 주려 할 때, 이들의 공정 감각은, 사회나 정부 혹은 기득권이 아니라, 그간의 불공정을 감내해 온 사람들을 향해 불공정이라 외친다.

연세대 청소 노동자들이 속한 민노총에 대해 수업권 방해를 이유로 연세대 몇몇 학생들이 소송을 준비하는 것 또한 같은 사안으로 보인다. 연세대 학생들의 수업권 보장 의무는 학교에 있지 청소 노동자들에게 있지 않음에도, 학교가 아니라 지금까지 불공정한 처우를 감내해 온 노동자들을 향해 소송을 제기함으로써 그들의 '공정 감각'이 무엇을 위한 어떤 감각인지 묻지 않을 수 없다.

뿐만 아니라 그 눈앞의 이익을 '빼앗았다'고 생각되는 사람들을 향해서 어떠한 거름도 없이 '에브리타임'에 쏟아내는 혐오와 폄하, 멸시의 언어들은 과연 이곳이 지성을 논할 수 있는 대학이 맞는가 하는 회의감을 갖게 한다.

도통 물러서거나 회피하지 않는 나임윤경다운 정면승부라는 생각이 들어, 걱정이 되면서도 한편으로는 피식 미소를

짓고 말았다. 대학은 민주 시민을 길러 내야 한다고 믿는 나임
윤경만의 페미니스트적 실천이자 직업윤리의 실현일 것이다.

**캠퍼스 내 폭력으로 고통을 호소하는 여학생들에게
일종의 팁을 주셨으면 좋겠어요.**

쉽지는 않겠지만 공동체를 찾아야죠. 페미니스트
들이 지속되는 비난에도 계속 앞으로 나갈 수 있
는 이유는 혼자가 아니었기 때문일 거예요. '연대'
라고 거창하게 이름 붙일 것도 없고, 같이 으쌰으쌰
하며 떠드는 수다, 그때 나누는 공감과 신뢰 같은
것들이 갖는 정치적 힘이 제게는 굉장히 컸어요.

**무리를 만들고, 동료를 만드는 것은 간과하기
쉽지만 정말 핵심적인 부분이에요. 그런데
점점 캠퍼스에서 모일 계기 자체가 사라지고 있는 게
현실이고요. 몇 년 전에는 총여학생회 폐지 바람이
불어서 서울 시내 대학에 총여학생회가 다 없어졌죠.
동시에 중앙대에서는 학내 성평등위원회까지
폐지됐어요.**

대학 공간이 신자유주의적이고 반지성적으로 흐

르고 있다는 비판은 누구나 할 수 있으니 저까지
보탤 필요는 없을 테고요. 다만 총여에 대해 한
가지 돌아볼 지점은 있어요. 만일 많은 여학생이
힘들어하는 어떤 문제, 예를 들어 에타 같은 문제
에 딱 붙어서 총여가 공감하고 의제화했더라면
어땠을까 하는 아쉬움이 있죠.

전략적으로 패착이 있었다는 의미인가요?

제가 몸담고 있는 학교에서도 총여가 폐지되었는
데요. 당시 성소수자 이슈를 전면으로 들고나왔
어요. 대다수 여학생들의 요구에 부합하기에는,
더 많은 여학생들을 조직화하고 세력화해 내기에
는 조금 부족한 선택이 아니었나 고민하게 되는
지점이 있어요. 성소수자 이슈가 중요하지 않다
는 게 아니라, 물론 절박하지만, 성소수자 포함 다
수 학생들이 문제라고 여기는 이슈를 전면에 걸
고 그 안에서 성소수자 문제를 의제화할 수도 있
는 거거든요. 총여에 대한 다수의 지지를 얻기에
전략적으로 옳은 선택이었나 지금도 생각할 때가
있어요.

경계 안팎을 볼 수 있는 위치는 축복이에요

여성들이 아무리 목소리를 내도 불평등 구조가
도무지 변하지 않다 보니, 젊은 여성들 내에
'자기 계발 서사'가 힘을 얻고 있어요.
개인의 노력으로 돈을 모아서 기울어진 운동장을
극복하려는 흐름이죠.

어떤 여성들에게 신자유주의는 굉장히 평등합니
다. 능력만 되면 어디서든 선택받으니까요. 그렇
기에 능력주의에 기반한 신자유주의가 모든 이에
게 불공정한 건 아니에요. 저는 좀 추상적인 얘기
를 하고 싶은데요.

고등교육의 수혜를 받은 여성으로 자신을 정체
화한다면, 한 사회에서 그런 엘리트들이 할 일은
탑을 쌓는 게 아니라 대청마루 같은 평상을 까는
것이어야 한다고 생각합니다. 그러니 능력주의가
엘리트들에게만 열어 놓은 좁은 문을 통과해 더
높이 오르려고만 하지 말고, 너도 앉고 나도 앉고
누울 수 있는 그런 공간을 만들어 내고 사회적으
로 넓혀 가는 일에 관심을 모으면 좋겠어요. 그게
엘리트 여성들이 해야 될 일임을 서로 공유했으면

하는 거죠.

또 어려운 점은, 페미니즘이 지향하는 삶의 양식이
있는 한편, 젊은 여성으로서 주체적으로
살아가기 위해서 경제적 자립, 즉 돈이 필요한 것도
사실이거든요.

많은 여성이 "페미니스트가 되고 나서 행복하지
가 않다"라는 말을 해요. 그러면 저는 이렇게 말
하고는 해요. 페미니스트가 되고 나서도 행복을
예전과 같이 정의하면 당연히 불행할 수 있을 거
같아요. 다른 상상력을 갖는 게 중요하겠죠.
　그와 동시에 제가 말하는 게 무슨 그렇게 큰 힘
이 있겠나 싶기는 한데……. 당장 취업이 문제고,
월세가 오르는 것이 고민인 분들에게는 틀림없이
헛소리에 가깝겠죠. 그럼에도 불구하고 탑처럼 스
펙이나 자원을 쌓는 사람을 보며 상대적 박탈감을
갖기보다는, 지금 이 자리에서 다른 여성들과 무
엇을 할 수 있을지 머리를 맞대는 작업을 미루지
않고 해야 하지 않나 이야기하고 싶어요.

그럼에도 '여성이라서 다행이다' 싶은 부분이
분명 있겠지요.

조한혜정 선생님이 함민복 시인의 표현을 빌려 "경계에서 꽃이 핀다"라고 자주 말씀하셨어요. 잔디밭이 깔린 큰 운동장의 중심이 아닌 주변부에 잡초 같은 다양한 꽃이 핀다고요. 경계라는 위치는 중심도, 바깥도 볼 수 있는 굉장히 좋은 위치예요. 평생 중심에만 있는 엘리트 남성들이 갖지 못하는 해석과 공감의 눈을 가질 수 있죠. 늘 중심만을, 늘 맨 꼭대기만을 목표로 하는 사람들이 중심과 주변, 위와 아래를 두루두루 볼 수 있는 경계라는 이 풍요로운 세계를 어떻게 경험할 수 있겠어요. 그래서 여성들에게 지금의 이 마지널 *marginal*한 위치는 사실 축복이 아닐까 생각해요. 아니 확실한 축복이죠.(웃음)

살아오며 수많은 여성들에게 메시지를 남기셨지만, 동시대를 살아가는 다른 여성들에게 지금 꼭 해 주고 싶은 한마디를 남기자면?

저도 차별받아서 쫄았던 적이 많았어요. 인종차별을 받았을 때도 그렇고, 치마 입은 내 몸을 훑고 지나는 시선들, 성적 대상이 된 무수한 기억들, 대학에 들어왔더니 여학생이 왜 이렇게 많냐는 남자 교수들의 발언들……. 성차별이 우리를 쫄게 하죠. 그런데 지금 와서 이렇게 보니 아무것도 아니에요. 나를 차별했던 사람들이나 차별적인 사회구조 때문에 한때 쫄긴 했지만 쪼그라들진 않았거든요. 그 사실을 많은 여성이 경험으로 알아요. 지금 당장은 겁이 나고 두려울 수 있지만, 이다음에 우리 각자가 후배 여성들에게 "야, 아무것도 아니야"라고 말할 수 있을 거라 꼭 믿어요. 그 믿음으로 여러분에게 "악플 달고 위협하고 혐오하는 걔들 아무것도 아니야, 쫄지 마"라는 말씀을 드려요.

지금의 나임윤경을 있게 한
'나를 도운 여자'는 누구인가요?

실제로 저를 페미니스트로 만들어 낸 건 저희 어머니였어요. 제가 고2 때 어떤 체육 선생님에게 자기 말을 안 들었다는 이유로 뺨을 맞은 적이 있어요. 그런데 교무실도, 교실도 아닌 음침하고 축축한 지하 창고 같은 미술실에 혼자 불려 가서 맞았단 말이죠. 말로 설명하기 어려운 공포가 해소되지 않은 채 집에 와서 훌쩍이니, 어머니가 학교에서 있었던 일을 물으셨어요. 저는 어머니가 '왜 선생님 말씀을 안 들었냐'며 혼내실 줄 알았어요. 그런데 제 얘기에 깜짝 놀라면서 그 밤에 담임선생님에게 전화를 하셨어요. 그러더니 이렇게 물으시더라고요. "왜 때린 장소가 교무실도 교실도 운동장도 아닌 컴컴한 지하 미술실이었냐?"라고요.

그제야 '아, 그거였어!'라는 생각이 번뜩 들면서 그때까지 훌쩍거리고만 있던 울음이 빵 터졌죠. 당시에는 성폭력이라는 개념이나 언어가 없었기에 지하 미술실로 홀로 불려 가는 그 무서움을 설명할 길이 없었어요. 하지만 어머니는 직감적으로 아신 거죠. '자기 말을 듣지 않는 똑똑한 여자'에게 가하는 가부장 사회 남자들의 전형적인 위협을요. 내가 오빠였으면 담임선생님에게 하지 않았을 어머니의 질문을 곰곰이 떠올리면서 '세상이 굉장히 성별적으로 다르게 만들어져 있구나'라는 것을 알게 된 첫 경험이었어요. 페미니즘을 공부하는 사람이 되겠다고 결심하는 순간, 놀랍게도 그 에피소드가 떠오르더라고요.

"야, 몇 년도 군번이야?"

일순간 캠퍼스의 한 공간은 군대 내무반이 된 것처럼 얼어붙었다. 2013년의 어느 날, 학내 성평등센터가 주관하는 프로그램의 정기 간담회에서 일어난 일이다. 그리고 그 자리에 내가 있었다.

나는 곤궁한 학창 시절을 보냈기에 닥치는 대로 일을 하며 학업을 이어 갔다. 당시 나임윤경이 센터장으로 있었던 성평등센터에서는, 저소득층 중학생의 멘토가 되어 그들을 가르치는 재학생들에게 장학금을 주는 사업을 진행했다. 당시 대학원생은 '슈퍼바이저'라는 이름으로 학부생인 멘토들을 관리, 감독했다. 이를 위해 정기적으로 간담회도 열렸다.

어느 날 한 남학생과 남성 슈퍼바이저가 의견 충돌을 빚었다. 줄곧 고압적인 태도로 일관하던 슈퍼바이저는 기어코 남학생에게 '군번'을 물으며, 간담회가 끝난 후 남을 것을 명령했다. 회의 참석자 중 한 명이었던 나는 이것이 캠퍼스에서 일어나서는 안 되는 일이라고 생각했다. '성평등센터'의 프로그램에서는 더더욱 말이다. 그리하여 당시 나임윤경을 찾아가 보고 느낀 바를 말했고, 긴급 모임이 소집됐다.

나임윤경은 십여 명의 학생들이 큰 공간에 동그랗게 모여 앉자고 제안했다. 자신도 그 원 안에 섞여 앉았다. 지금 돌이켜보면 대학원생과 학부생 사이의 작은 위계조차 허용하지 않으려는 뜻으로 읽힌다. 당시엔 그 뜻을 전혀 알아채지 못했지만. 허심탄회한 의견이 오간 뒤, 그 슈퍼바이저는 학부생들 앞에서 진심을 다해 사과했다.

여성주의에 그다지 관심을 두지 않았던 10여 년 전의 내가 일상 속에 녹아 있는 억압을 처음으로 깨달은 순간이었다. 자리 배치만 조금 바꿨을 뿐인데 위계가 한 꺼풀 걷히는 것을 느꼈다. 나이순, 선후배순이 아니라 모두가 개별로 존재할 때, 누구도 소외되지 않는 것을 경험했다.

인터뷰의 시작과 끝을 나임윤경과 얽힌 작은 기억으로 채우지만, 사실 그때 나임윤경은 내 존재를 전혀 알지 못했다. 대학 시절에 여성학 수업 한번 듣지 않았지만 '허스토리'라는 바이라인으로 기사를 쓰고 있는 계기에 그가 존재하고 있다는 것을 나 역시 인터뷰 과정에서 비로소 깨닫게 됐다.

"탑을 쌓지 말고 대청마루를 깔 것" "페미니스트들이 지속적인 비난에도 앞으로 나아갈 수 있었던 건 혼자가 아니었기 때문" "아무것도 아냐 쫄지 마" 등 그와의 대화는 줄곧 "Not Ranking but Linking(위계질서를 만드는 것이 아니라 연결하는 것)"이라는 경구를 다시금 떠올리게 했다. 맞다. 우리는 연결됨으로써 위계를 해체할 수 있다.

희생자가 아니라
문제를 해결하는
사람이 되세요

한승희
글로벌리더십컨설팅 대표

목숨 걸지 않아야
자신감이 나옵니다.

본 모습을
잃지 마세요.

1992년, 대학 졸업을 앞둔 그는 첫 입사 시험에 합격했다. 국내 기업과 합자한 외국계 기업인 데다 월급도 많이 준다고 해서 날아갈 듯 기뻤다. 입사를 준비하던 중 회사로부터 걸려온 한 통의 전화를 받았다. "신입 사원은 내일까지 유니폼 맞추러 오세요." 취업과 동시에 잘 빠진 양복 정장 한 벌을 맞추느냐, 회사가 강제하는 유니폼을 맞추느냐가 '남직원'과 '여직원'을 구분 짓는 기준선이던 때였다.

미국 코카콜라 본사 등 다국적 기업을 거쳐 2018년까지 삼성전자에서 임원으로 재직한 뒤, 지금은 리더십 및 경력 개발 코치로 일하는 한승희 글로벌리더십컨설팅 대표의 이야기다.

유니폼이 싫어서, 조금이라도 성평등한 곳에서 직장 생활을 하고 싶어서, 1990년대 초반 외국계 회사에서 경력을 시작한 그의 삶은 매 순간 '아시아 출신' '여성'으로서 자신을 증명해 낸 이야기로 요약된다. 25년 가까이, 6개국에서 경험을 쌓고 나서야 보이기 시작했다. '아, 그때 회사에서 내가 이렇게 행동했더라면……'

많은 '언니들'은 왜 이런 아쉬움과 후회를 대수롭지 않게 넘기지 못하고 스스로 어깨를 무겁게 만드는 걸까. 그들은 10, 20년이 지나도 바뀌지 않는 직장 내 부조리 속에서 분투하는 후배 여성들을 보면 이상한 부채감이 몰려와 끝끝내 손을 내밀게 된다.

"제가 그렇게 하지 못했기 때문에 하는 거예요." 우여곡절을 헤쳐 가며 깨달은 모든 마음을 끌어모아, 그는 주로 여성과 사회 초년생의 리더십, 경력을 컨설팅하는 회사를 2019년에 설립했다. 그리고 일터에서 분투하는 여성들을 향해 '셀프 프로모션'을 힘 주어 강조한다.

"공부를 예로 들자면, 열심히 하는 건 좋지만 그것만으로는 안 되죠. 시험 잘 봐서 뛰어난 성적이 나와야 하잖아요." 일을 열심히 잘하는 것은 기본이고, 자신이 어떤 기여를 했는지도 정확히 알릴 필요가 있다는 뜻이다.

스스로 자신의 역량과 기여를 알리는 것은, 특히나 사회로부터 겸손과 돌봄을 미덕으로 요구받아 온 여성에게는 쉽지 않은 일이다. 이 세상은 한 사람이 이뤄 낸 당당한 성취마저도, 그 발화자의 연령이나 성별에 따라 '거만하다' '잘난 체한다' 같은 식의 딱지를 쉽게 붙인다.

하지만 한승희는 셀프 프로모션이야말로 나를 위한 것이 아닌, 조직과 팀을 위한 중요한 리더십 스킬이라고 강조한다. 일한 것에 대해 공정하게 알리는 것은 조직 내에서 중요한 공적 커뮤니케이션이기 때문이다.

무엇보다 이런 공정한 셀프 프로모션을 위해 가장 중요한 수단은 네트워크다. 지연·학연·혈연 등의 공통점을 쌓아 끈끈하게 교제하는 남성 중심 문화와 네트워크 속에서 여성은 배제되기 일쑤였고, 여자들은 역시 네트워크에 약하다는 편견이 조장되기도 쉬웠다. 자연스레 저성과자 명단은 빛나지 않는 곳에서 묵묵하게 일하는 이들이 채우기 마련이었다.

일한 만큼 제대로 인정받기 위해서라도 여성들에게 '좋은 네트워크'가 필요한 이유다.

　미국과 한국을 오가며 활동하는 한승희와 원격으로 이야기를 나눴다.

여자, 남자 할 것 없이
아군을 만들어야 합니다

**글로벌 대기업에서 두루두루 커리어를
쌓은 후 지금은 리더십 컨설팅 회사를 운영하고
계시죠.**

삼성전자, 코카콜라, 브리티시 아메리칸 토바코,
마스 등 회사 생활을 한 게 28년쯤 돼요. 이제까
지 일하면서 배운 것을 나누고 싶었죠. 이를 통해
다른 사람들도 저처럼 외국에서 일하고 성장하는
기회를 많이 가졌으면 좋겠다고 생각했고요. 제
가 회사 다닐 때에도 직원들과 커피 마시며 진로
얘기하는 게 가장 좋았거든요. 경험한 것과 좋아

하는 것을 더하니 경력·리더십 개발 코치의 길을
걷게 됐죠.

**해외파일 줄 알았는데 국내 대학을
졸업하셨다고요.**

서울에서 나고 자라 학교를 다녔어요. 1992년에
처음 사회생활을 시작했는데요. 경제 급성장기
라 졸업하고 나면 2, 3개 회사를 골라서 가던 때
였죠. 합격했던 한 곳이 국내 기업과 합자한 외국
기업이었어요. 큰 회사였던 데다 돈도 많이 준다
고 해서 무척 좋았죠. 그런데 입사 전 전화를 받
았는데 "내일까지 유니폼 맞추러 오세요"라는 거
예요.

유니폼이 웬 말? 제가 외국 회사만 찍어서 지
원한 이유가 여자들에게 기회가 동등하게 주어졌
기 때문이었거든요. 그래서 '노'를 외쳤죠. 그러다
취업 시기를 놓치고 입사한 첫 직장이 초콜릿 '엠
앤엠즈M&M's'를 만드는 미국의 식품 회사 '마스
Mars'예요. 면접관이 해외에서 살 수 있느냐고 묻
길래 두말 않고 '예스'라고 답했죠.

**외국에서 '일하는 여성'이라는 정체성을 갖고 산다는
것은 어떤 장점이 있을까요?**

다양한 여성 리더십을 볼 수 있는 기회가 많았던 게 큰 장점이에요. 미국 회사는 여성 비율이 우리나라 회사보다 훨씬 높거든요. 제가 근무했던 코카콜라 같은 경우는 C레벨(부문별 책임자) 여성 비율이 30퍼센트가 됐어요. 그런데도 숫자를 높여야 한다는 얘기를 해요. 외국 회사에서 일하다 보면 스트레스를 많이 받고 쓴맛도 보다 보니 강해지는 측면도 있고요. 견뎌 내는 힘이 강해졌다고 할까요.

**여성 리더십 프로그램도 운영하고 계시니,
'여자를 돕는 여자들'이라는 인터뷰 콘셉트가
어색하진 않으시겠어요.**

제가 여성 리더십에 대해 얘기할 때마다 말이 많아지는 이유인데요. 외국에서 아시아 여자로 생활하면서 눈에 보이지 않는 차별을 많이 겪었어요. 그런 차별은 단지 '아시아인이기 때문에' 생기는 게 아니라, 제가 할 말을 제대로 못 하거나 저를 도와줄 사람이 없어서인 경우가 많았어요. 우리 스스로 기회와 아군을 더 많이 만들어야 하는 이유죠. 조직 내 여성의 숫자 자체가 적기 때문에, 여자들끼리만 아군을 만들어서는 안 돼요. 남자들도 포함해서 숫자를 함께 늘려 나가야죠.

*그런 대표님도 조직 내에서 보이지 않는 촘촘한
차별을 당한 적이 있나요?*

호주에서 일할 때 제가 담당한 브랜드의 포장이
잘못된 적이 있었어요. 그런데 동료 중 누군가가
"한승희 쟤가 잘못했어"라고 말해서 덤터기를 썼
어요. 물론 나중에 제 잘못이 아닌 것이 밝혀졌지
만요. 덤터기를 쓰게 된 이유 중 하나는 제가 묵
묵히 일만 하는 사람이었기 때문이죠. 동료 간 네
트워크가 많았다면 그 상황에서 누군가는 '승희
잘못인지 한번 가려 보자'고 하지 않았을까요. 억
울한 것도 차별이라면 차별이죠.

'남자들도 함께 아군으로 만들어야 한다'는 현실적인 조언
이 가슴에 콱 박혔다. 필경 여성과 남성이 서 있는 토대는 다
르다. 본능적으로 여성은 다른 여성의 처지를 더 잘 이해하고
공감하게 된다. 그러나 그것이 꼭 '여자끼리만' 뭉쳐야 한다
는 뜻은 아니다.

이 대목에서 나는 주변 남성 동료 몇몇의 얼굴이 떠올랐
다. 짧다면 짧은 기자 생활 동안, 좋은 남성 동료도 퍽 많이 만
났다. 상급자의 낮은 성인지 감수성에 대해 큰 문제의식을 가
지고 이따금 반발도 했던 동료, 여성 기자에게만 페미니즘 관
련 기사가 할당되는 것이 부당하다며 소매 걷고 자신이 쓰겠

다 나섰던 후배 등등.

딱히 조직 내 불합리를 바꾸려고 작당 모의를 한 이력은 전혀 없지만, 굳이 범주를 나누자면 그들은 분명 '우리 편'이지 않을까. 그리하여 우리는 낡은 감수성과 불공평한 구습 등을 땔감 삼아 돌아가는 기존 세상을 바꿔 나가는 데 함께 힘을 모으는 좋은 동료가 될 수 있지 않을까. '여자만으로는' 속도가 더디거나 동력이 충분치 않다면 말이다.

다양성이 높은 회사가
성과도 훨씬 좋습니다

미국은 인종에 따른 차별을 의미하는
'대나무 천장' 현상이 도드라지죠. 한국의 경우
성별에 따른 '유리 천장'이 그렇고요.

두 가지가 비슷해요. 해외 기업에서 아시아 사람들은 굉장히 조용하고 겸손하고 자신이 원하는 것을 잘 얘기하지 않는 편이에요. 특히 여성들은 더 그렇고요. 좋은 기회가 오더라도 '내가 더 준비가 돼야 한다'며 기다리는 경향이 있다 보니 대나무 천장에 유리 천장이 더해져요.

**그래서 여성 리더십을 중요하게 보고 프로그램도
따로 마련하는 거군요.**

여성 인력은 굉장히 중요해요. 요즘 성별 다양성
이야기를 많이 하잖아요. 물론 개개인으로 보면
일 잘하는 것에 남자, 여자가 무슨 상관이냐고 할
수 있어요. 하지만 조직으로 보면 그렇지 않아요.
다양성이 높은 인력 구조를 가진 기업과 그렇지
않은 기업을 비교하면 혁신 지표나 매출, 영업이
익률 등을 봤을 때 30~40퍼센트 이상 차이가 납
니다.

이유가 뭘까요?

다양하게 사고할 수 있기 때문에 아이디어가 다
양하고, 일하는 방식도 다양해지고, 문제 해결 방
식도 다양하죠. 딜로이트, 매킨지 같은 컨설팅 회
사에서 2016, 2017년부터 나온 자료를 봤는데
요. 인력 구조 다양성이 높은 조직이 성과가 훨씬
좋다는 결론이 지속적으로 나오더군요.
　아쉬운 건 임원이나 리더가 될 여성들에게 너
무 늦게 리더십 교육 투자가 들어간다는 점이에
요. 요즘 많은 조직이 여성 임원 수를 늘려야 한다
고 애를 쓰잖아요. 그런데 여성 임원들이 갑자기

하늘에서 떨어지나요? 미리 풀을 만들어 놔야 올라가는 사람이 많아져요.

**인위적으로 '여성 임원 비율' 목표치를 정하는
것이 도움이 될까요?**

회사가 5년, 10년 등 계획을 세우잖아요. 직급별 또는 임원직의 여성 비율 등을 정해 두면 채용이나 교육 정책이 연동되어 움직여요. 그냥 '여성 비율을 올리겠다'고만 하면 방향성이 없죠. 숫자는 분명히 있어야 해요.

**결국 많은 기업이 부랴부랴 여성 임원을 충원하느라
해외 기업에서 여성 인재를 모셔 와요.**

저 같은 경우죠. 워낙 여성 인재 공급이 없으니까 그렇게 해서라도 단기적으로 여성 임원 숫자를 늘려서 아래 직급의 여성 직원들이 배울 기회를 만들어야죠. 동시에 전략적으로 내부 육성을 많이 해야 하고요.

삼성전자 다닐 때 부장이나 차장급 여성 인력을 보며 정말 대단하다고 생각했어요. 육아를 철저히 잘하면서 일까지 똑 부러지게 해요. 동시에 여자들에게 너무 많은 짐을 지우죠. 그런 점에서

여성들에게만 인력 개발 이야기를 할 게 아니라,
여러 과업을 나눠 지는 남성 동료가 있어야 해요.

셀프 프로모션은
본인의 몫이에요

직장에서 묵묵하게 열심히 일하는 여성을
많이 봐요. 그런데도 자신의 기여를 제대로 인정받지
못하는 경우가 많고요.

공부하는 걸로 예를 들면요. 공부를 열심히 하는
건 좋지만 '열심히'만으로는 안 되죠. 시험을 잘
봐서 성적이 잘 나와야 되잖아요.

공감되는 비유예요.

일도 마찬가지예요. 열심히 하는데 제대로 된 일
을 하고 있느냐 아니면 헛된 일을 하고 있느냐를
먼저 봐야 되고요. 내가 잘한 것을 성과로 보여
줄 수 있어야 해요. 보통은 '이거 얘기해서 뭐 하
나' '결과 나오면 윗사람이 다 알아주겠지' 하는

경우가 굉장히 많거든요. 그런데 전혀 그렇지 않아요. 사람 수가 적은 조직이라면 일 잘하고 성과 나오는 사람이 눈에 확 띄지만, 경쟁이 치열하고 큰 조직에서는 모두가 똑같이 일을 잘하고 열심히 해요. 내가 한 일이 회사에 어떻게 기여했느냐를 알리는 것은 본인의 몫이에요.

하지만 그런 것을 배운 적이 없는 걸요.

다들 부담스러워하죠. '자기만 일하나, 다들 똑같이 일하는데 왜 저래?' '너무 튄다' '이기적이다' 이렇게 보는 시선이 분명 있거든요. 그런데 셀프 프로모션은 '나! 나! 나! 이거 한승희가 했어'를 알리기 위함이 아니에요. '내가 한 일이 이런 결과를 냈고, 회사에 좋은 영향을 미쳤다'라는 것을 조리 있게 어필하는 일이에요. 개인적 측면에서는 내가 한 일을 제대로 인정받을 수 있고, 나아가 팀원도 제대로 인정을 받도록 돕는 일이죠. 그리고 좋은 성과가 난 일이 다른 부서에도 도움이 될 수 있잖아요.

셀프 프로모션이 나를 알리는 이기적
수단이 아니라 회사의 경험을 축적하는 '공적인
프로세스'라는 거군요.

셀프 프로모션은 중요한 리더십 스킬 중 하나예요. 나만을 위한 것이 아니라 나의 팀과 조직이 공정한 평가를 받게 하는 일이거든요. 그러면 어떻게 하면 되느냐? 중요한 게 '청중'이에요. 알릴 콘텐츠만 준비하는 게 아니라 대상이 있어야 한다는 거죠. 그때 중요한 게 네트워킹이에요.

쌓아 온 네트워크가 여기서 위력을 발휘하네요.

"내가 하면 네트워크, 남이 하면 사내 정치"라고 얘기를 많이 해요. 어떤 사람이 네트워킹 하는 것을 보면 '저 사람 너무 정치적이야'라는 편견을 갖게 되는 거죠. 현실에서 네트워크는 흔히 나쁘고 부정적인 모습이에요. 남을 험담해서 부정한 방법으로 내 이익을 찾는 것으로 바라보게 되잖아요.

하지만 좋은 정치도 분명 존재합니다. 회사에서 나 혼자, 내 부서에서만 할 수 있는 일은 없어요. 최대한 다른 부서와 협업하고 도움을 받아야죠. 다른 부서도 바빠 죽겠는데 "내 거 빨리 껴서 많이 해 주세요"라며 도움을 받으려면 네트워킹을 안 할 수가 없어요. 일을 하기 위한 자원을 끌어오는 것 역시 정치인 거죠.

사내 정치의 의미가 변질되어 있다는
말씀에 동감합니다. 그런데 여자들은 조직 내에서
기본적으로 수가 적고, 흔히 한국 사회에서
네트워크를 쌓는 수단으로 여겨지는 골프, 담배,
술자리 같은 것에서 많이 배제돼 있어요.

'사내 정치'라고 하면 굉장히 부담스럽죠. 단순히 생각하면, 그냥 회사에서 아는 사람을 많이 만들어 놓으면 좋지 않나요? 요즘 우리나라도 남성 중심적 모임 문화가 많이 없어지고 있죠. 코로나 19 때문에 저녁 술 모임이 어려워지면서 배제되는 그룹과 그렇지 않은 그룹의 구분이 조금씩 사라지기도 했어요.

무조건 멘토를 정하세요

궁극적으로 여성들이 네트워킹을 잘할 수 있는
방법이 있을까요?

제일 많이 추천드리는 건 '멘토 만들기'예요. 사수가 아닌 '멘토'요. 내가 어떤 어려운 상황에 봉

착했을 때 마음 편히 조언을 구할 수 있는 사람이에요.

더 구체적인 팁이 있다면요?

가능하면 같은 조직 내에 있되, 같은 부서는 아닌 사람이어야 해요. 보고 라인에 함께 걸려 있으면 멘토는 조언을 한 것이지만, 듣는 사람은 조언인지 지시인지 헷갈릴 수 있잖아요. 조언을 안 따르면 마음이 무거울 수 있고요. 타 부서에 멘토가 있으면 다른 사람들을 소개해 주면서 네트워크가 커지기도 하죠. 직급으로 따지면 바로 위나 두 직급 위의 선배가 좋아요. 좀 더 구체적으로 말한다면 두 직급 정도 높은 사람을 권장해요. 회사의 높은 자리에 있으면 더 많은 정보를 알고 큰 그림을 볼 수 있죠.

여전히 한국은 유교와 가부장제의 힘이 커서,
여성들은 조직에서 유순하고 무해해야 한다는 압력을
받아요. 하지만 요새 젊은 여성들은 직장에서
공격적으로 쟁취하고 싶단 말이죠. 하지만
이런 이들에겐 쉽게 욕심 많은 '악녀 프레임'이 붙어요.

샘나는 사람 마음은 어쩔 수가 없어요. 다른 사람

들의 그런 시선을 신경 쓰면 한도 끝도 없죠. 그런데 여기서 중요한 것은 '내가 진짜 정당한 실력으로 일을 했느냐'예요. 나만 당당하면 되는 거죠. 그러려면 특히 여자들 중에서 잘되는 사람이 더 많아져야 해요.

왜 그런가요?

열심히 일하고 성과 내는 남자 직원에게 누가 '이기적'이라고 하나요? 그런 얘기 잘 안 하잖아요. 이유는 간단해요. 숫자가 많아서 그래요. 얘도 잘되고 쟤도 잘되고 다 잘되면 그런 성취가 당연하게 인정이 돼요. 그런데 소수면 튀어요. 소수가 안 되려면 모두가 잘되는 수밖에 없어요.

여자들이 다수로, 덩어리로 잘돼야 한다는 거군요.

그래서 진짜 아군을 많이 만들고, 잘되는 사람이 많도록 후배들도 도와줘야 합니다. 그러다 보면 그런 시각이 없어져서 너도 잘되고, 나도 잘되고, 다 잘되는 그런 때가 오지 않을까 싶어요.

그럼에도 사내 정치라는 단어만 들어도 삐거덕삐거덕 로봇처럼 힘들어 하는 분들이 대부분일 거예요.

알짜배기 팁을 좀 주세요.

본질적인 얘기를 하기 위해 '정치'보다는 '네트워크'라는 단어를 쓸게요. 가장 중요한 팁은 '시간이 많이 걸리니 참을성을 가져야 한다'는 겁니다. 3~6개월 안에 끝내려고 하면 안 돼요. 사회생활을 하며 만나는 사람은 학교 다니면서 친해지는 사람들이 아니잖아요. 이해관계로 모인 집단이기에 회사 안에서 서로 도움을 줘야 하는 관계거든요. 오랜 시간을 필요로 한다는 것을 가장 첫 번째로 말씀드려요.

두 번째는 본인의 노력이 굉장히 필요하다는 것. 관계를 맺는 방식은 다양해요. 멘토-멘티 관계일 수도 있지만, 상대방에게 무슨 도움을 줄 수 있을지 고민해야 네트워크가 계속 연결돼요.

마지막으로 상대방에 대해 관심을 많이 갖는 것이 좋은 관계를 위한 첫걸음입니다.

굉장히 건강하고 두터운 관계인 것 같아요. 그런데 그런 네트워크를 만들려면 시간과 노력이 필요하다 보니, 많은 조직에서 교제하는 방식이 '나쁜 사내 정치'로 귀결되는 것 같아요. 건강하지 않은 사내 정치와 상호 호혜적인 건강한 네트워크의 질적 차이는 뭘까요?

'상호 호혜'라는 것은 말 그대로 서로의 일이 잘되도록 도움을 주는 거잖아요. 좋은 관계는 누군가 자리를 옮길수록 그 네트워크가 넓어져요. 다른 부서, 다른 회사를 가더라도 친분이 연결되는 거죠. 그런데 소위 '어두운 정치 세력'이 돼 버리면 남이 잘되는 것보다 내가 잘되는 것을 먼저 고려하기 때문에 중요한 순간에 악수를 쓰게 됩니다. 회사를 나가면 그 관계가 이어지지도 않고요.

실제로 이렇게 좋은 네트워크, 멘토 덕을 본 개인적인 에피소드가 있을까요?

제가 코카콜라에서 마케팅 일을 할 때였는데요. 다른 브랜드나 제품 분야를 맡을 기회가 있었어요. 제게 주어진 옵션은 두 가지였죠. '물 제품'이냐 '유제품'이냐. 둘 다 제겐 정말 좋은 옵션이었거든요. 그때 멘토를 찾아갔죠. 그러자 그분이 "유제품은 지금 코카콜라에선 담당하는 사람이 없기 때문에 네가 유제품을 하게 되면 모두 너를 찾아갈 것이다. 그런데 물의 경우는 다른 사람들의 포트폴리오가 이미 많아서 너는 여러 사람 중하나가 된다"라면서 10초 만에 결정을 내려 주더라고요. 그분의 조언을 따라 유제품을 맡았고, 한번도 경험하지 못한 일들을 하게 됐어요.

한승희와의 대화는 마치 잘 짜인 커리어 강의를 듣는 것 같았다. "보고 라인에 포함되지 않는 멘토를 만들어라" "네트워크를 만들어 셀프 프로모션에 활용하라" "네트워킹은 시간이 걸리니 참을성을 가져야 한다" 등등. 회사에서 아무도 가르쳐 주지 않은, 혹은 나의 상급자도 잘 모르고 있을 꿀팁을 듬뿍 전수받은 기분이었다.

우리에겐 왜 이런 삶의 기술을 배울 경험이 부족했을까. 일찍이 누군가 알려 주었더라면 조금 더 수월하게 여러 고비들을 건너갈 수 있지 않았을까.

일과 커리어, 직장은 나의 도구일 뿐이에요

'커리어 만렙'으로서 여성들이 경력 개발을 할 때 꼭 신경 써야 할 부분을 조언하자면요?

일에 대해 얘기할 때 역량을 크게 두 가지로 나눠요. '하드 스킬'과 '소프트 스킬'이요. 하드 스킬은 업무와 관련한 기능적 역량을 의미하는데요. 이건 어떤 업무를 맡은 지 1년만 되면 어느 정도 체득해요. 인력을 관리하고 조직을 구성하고 네트워킹을 하고 셀프 프로모션을 하는 것은 모두 소프트 스킬에 포함돼요. 그런데 소프트 스킬은 계발하는 데 시간이 굉장히 많이 걸려요. 교과서에 나온 대로 되지 않거든요. 하지만 어떤 조직을 가더라도 사용할 수 있는 능력이기 때문에, 이 부분을 더욱 신경 썼으면 좋겠어요.

'커리어'라는 분야를 커리어로 둔 삶은
어떤 걸까요. 한 대표님께 커리어와 일은 어떤
의미였는지 궁금합니다.

처음엔 회사에서 일하고 성장하는 것이 재미있어서 욕심이 났어요. 커리어가 내 모든 것이었죠. 그런데 10년 차쯤 됐을까. 일에 대한 시각을 바꾸는 사건이 있었어요. 제 친구가 난소암에 걸렸어요. 친구는 평소 일로 인한 스트레스 이야기를 많이 했거든요. 어린 나이에 깨달았죠. 일, 일, 일만 해서는 안 되겠다고요. 그 이후로 저는 일, 커리어, 직장은 내게 도구라고 생각했어요. 나 자신이 가장 중요하지, 일이 더 중요한 건 아니잖아요.

또 미국에서 일할 때 구조조정을 정말 많이 봤는데요. 한눈팔지 않고 20~25년 동안 회사만 바라보던 사람이 박스를 싸서 사무실을 나가는 모습을 본 거예요. 회사에 모든 걸 바치면 인생이 같이

무너져요. 나 자신이 아니라 어느 회사의 누구로
존재한 것이니까요. 일 잘하는 것 중요하고, 성과
내는 것도 중요한데요. 목숨 걸지 않아야 자신감
이 나옵니다. 본 모습을 잃지 마세요.

마지막으로 직장에서 분투하는 여성들
혹은 지금 커리어를 막 시작하는 여성들을 위해
한마디 해 주세요.

제 멘토가 해 준 말인데요. "희생자가 되지 말고
문제를 해결할 수 있는 사람이 돼라"라는 거예요.
사회생활을 하다 보면 종종 피해자의 상황에 놓
일 때가 있어요. 그럴 때 상황을 바꾸기 위한 첫
스타트를 끊을 수 있는 사람은 바로 나 자신이에
요. '나는 피해자야'라는 생각에 사로잡히면 악순
환 속에서 에너지가 계속 떨어져요. 악순환에서
벗어나서 다른 시각으로 지금 내게 도움을 줄 수
있는 사람은 누구일지, 이 상황을 벗어날 수 있게
하는 건 무엇일지 적극적으로 찾으세요. '해결하
는 사람'이 되어야 합니다.

힘을 주어 '일 잘하는 법'에 대해 말하던 한승희의 목소리가
미세하게 떨린 순간이 있었다. 커리어를 업으로 둔 이에게
'일'은 어떤 의미냐고 물은 질문에서였다. 명쾌한 커리어 해

법을 말하던 그에게서 의외의 대답이 나왔다. "목숨 걸지 말아라." 무엇을 잘하기 위해서는 역설적이게도 나를 잃지 말아야 한다는 만고불변의 진리는 어디서든 통용된다. 그것이 일이든, 사랑이든, 관계든, 스스로 욕망하는 그 무엇이라면.

지금의 한승희를 있게 한
'나를 도운 여자'는 누구인가요?

두 분인데요. 한 분은 중학교 때 영어 선생님이에
요. 교직 생활만 하신 분이 아니라, 대사관에서
근무하다가 교사가 되신 분이거든요. 제가 대학
3학년 때쯤 선생님을 찾아갔는데, 졸업하고 뭐 할
거냐고 물으시더라고요. 제가 무엇을 할 거라고
말을 할 때마다 그런 나부랭이 하지 말라고 하셨
죠. 그 이후 내게 주어진 다른 선택지가 또 무엇
이 있는지 바라보게 됐어요.

　또 한 분은 대학 다닐 때 제가 따라다닌 1년 선
배예요. 영문과 선배인데, 어린 시절 해외에서 생
활했기에 그다지 열심히 하지 않아도 되는데도
매 순간 열심이었죠. 당시 취업이 굉장히 쉬웠는
데 취업 준비도 열심히 하고요. 각자 다른 나라에
살면서도 10년에 한 번씩 통화하고 계속 연결되
어, 제게 여러 가능성을 많이 보여 준 롤모델이에
요. 그분은 지금도 대기업 임원으로 있어요. 제가
그분의 길을 좇은 거나 마찬가지예요.

한승희와의 인터뷰를 준비할 때부터 그와 두 시간의 대화를 나누고 그 내용을 한 편의 글로 엮기까지, 일상에서 만난 많은 이들의 얼굴이 떠올랐다. 학교에서, 직장에서, 사회에서 존엄하게 버티는 그 여성들 말이다. 그들을 향한 존경과 헌사의 마음을 이 글에 온전히 담고 싶었다.

가끔 직장에서 어려움에 당면할 때마다, 아마도 같은 난관에 부딪혔을 선배 여성 몇몇을 생각하게 된다. '이런 상황에서 이 언니는 어떻게 했을까?' '선배에게 물어보면 답을 찾을 수 있을까?' 이 같은 고민이 이어지다 보면 언제라도 달려가 재잘재잘 하소연을 털어놓고픈 여성들의 얼굴이 하나 둘 머릿속에서 선명해진다. 그러면 곧바로 메시지를 보낸다. "언니, 저 고민 있어요!"

"아유 좋다, 언니 있으니까. 언니는 언니 없이 어떻게 버텼어요?"

〈서울 체크인〉이라는 예능 프로그램에서 40대 이효리가 50대 엄정화에게 이 질문을 던지는 장면이 화제가 됐다. 이효리라는 슈퍼스타의 삶에 공감할 수 있었던 적은 단 한번도 없었겠지만, "언니 없이 어떻게 버텼어요" 이 한 마디에 그가 여성 연예인으로 겪었을 온갖 무게감이 고스란히 전해졌다. 이효리도 언니가 필요했구나. 엄정화도 언니가 필요했겠지.

정해진 답 없이 고민만 거듭할 때, 겨우겨우 작은 해법을 물어물어 해결하다 보면 늘 끝엔 이런 질문을 하게 된다. '선배 여성(언니)들은 대체 이 시간을 어떻게 버텼을까?' 어쩌면 한승희가 25년간의 마케팅 커리어에 마침표를 찍고, 여성과 아시아인의 커리어를 개발하는 일에 매진하게 된 것도 아마 이 같은 마음에서 연유하지 않았을까.

한승희에게 물었다. 그 오랜 시간 어떻게 필드에서 스스로 깨달으며 성취해 나갔느냐고. 그랬더니 이런 답이 돌아왔다. "저도 못했어요. 제가 못했기에 깨달은 것들을 후배 여성들에게 알려 주려는 겁니다."

못내 아쉬워 후배 여성을 그냥 지나치지 못하는 마음, 그 마음이 아마 많은 여성들이 공유하는 감정일 것이다.